日雇い浪人生活録⑩

金の美醜

上田秀人

時代小説文庫

角川春樹事務所

目次

江戸のお金の豆知識⑩

贋造事件帳（小さな事件から大事件まで）

江戸幕府により金貨・銀貨・銅銭の三貨制度が確立され、それまで各地で行われていた貨幣の私鋳は偽金としてすべて禁止された。しかし、たびたび偽造事件が起きていた。

偽南鐐銀づくり　寛政8年（1796、江戸町奉行所扱い）

生活が荒れていた竹内政右衛門は、錫《すず》を使ってこっそり南鐐《なんりょう》二朱銀を作った。客の混み合う夜間に使用し、釣り銭などで正貨を8両ほどせしめた。

取調べの結果、引廻しの上、磔（はりつけ）の重刑。

私製の秤づくり　寛政10年（1798、大坂町奉行所扱い）

秤は統一の基準が定められ、幕府許可の秤座以外は製造、販売、修繕が禁止された。偽秤《にせばかり》の作製は、偽金づくりと同じく極刑とされるほどの厳罰であった。が、播州揖東郡東保村の道具屋藤四郎は、知人が作った千木秤《ちぎばかり》（1貫目以上のものをはかる秤）を死後に貰いうけ、売買に使用したとして検挙された。

秤は没収。自作ではないため過料3貫文で放免。

偽銀づくり　安政3年（1856、長崎奉行所扱い）

東中町の男たち6人は、同町・友八の金物細工の手間日雇いとして働くことになった。子供のおもちゃ用に銅片を銀一分判の形にこしらえ、銀めっきをするのが仕事内容。しかし、仕上げの作業だけは友八とその同居人2人で隠れて行われた。6人が不審がると、「実は偽銀を作っている」と実物同様の仕上げ品を見せられ、もうけは山分けで仕事を続けるよう言われた。6人は怖くなり逃げたが、事がばれ一同逮捕。

主犯のうち2人は逃亡。3人は中追放、4人は吟味中病死。

薩摩藩偽金鋳造事件　文久2年（1862、薩摩藩庁）

薩摩藩は幕府に、支配下にあった琉球を救済することを名目として琉球通宝鋳造の許可を得た。だが、許可を願い出た本当の目的は、琉球通宝の鋳造を隠れみのとして、天保通宝（1枚で銭100文）など、幕府の貨幣を偽造することだった。その偽造量は天保通宝だけで290万両に及んだという。大量の偽金が流通したことでインフレが進み、偽金を摑まされた外国商人が幕府に抗議したことで国際問題にも発展。幕府の権威失墜にもつながった。

※参考資料『新装版　江戸の犯科帳』（樋口秀雄、新人物往来社）『犯科帳─長崎奉行の記録』（森永種夫、岩波新書）「WEB歴史街道」（PHP研究所）『貨幣』（瀧澤武雄・西脇康、東京堂出版）

主な登場人物

諫山左馬介《いさやまさまのすけ》……日雇い仕事で生計を立てていたが、分銅屋仁左衛門に仕事ぶりを買われ、月極で用心棒に雇われた浪人。甲州流軍扇術を用いる。

分銅屋仁左衛門《ふんどうやにざえもん》……浅草に店を開く江戸屈指の両替商。夜逃げした隣家(金貸し)に残された帳面を手に入れたのを機に、田沼意次の改革に力を貸すこととなった。

喜代《きよ》……分銅屋仁左衛門の身の回りの世話をする女中。少々年増だが、美人。

徳川家重《とくがわいえしげ》……徳川幕府第九代将軍。英邁ながら、言葉を発する能力に障害があり、側用人・大岡出雲守忠光を通訳がわりとする。

田沼主殿頭意次《たぬまとのものかみおきつぐ》……亡き大御所・吉宗より、「幕政のすべてを米から金に移行せよ」と経済大改革を遺命された。実現のための権力を約束され、お側御用取次に。

お庭番……意次の行う改革を手助けするよう吉宗の命を受けた隠密四人組。明楽《あけら》飛騨《ひだ》、木村和泉《いずみ》、馬場大隅《おおすみ》と、紅一点の村垣《むらがき》伊勢《いせ》(=芸者加寿美《かすみ》)。

芳賀御酒介《はがみきのすけ》**・坂田時貞**《さかたときさだ》……目付。田沼の行う改革に気づき、徒目付《かち》の安本と佐治に指示して探索を行っていた。

表デザイン　五十嵐 徹
（芦澤泰偉事務所）

日雇い浪人生活録◇十◇

金の美醜

第一章　欲の善悪

一

博打場《ばくちば》は冬でも炭が要《い》らないほど熱い。

「さあさあ、半が五両二分で丁が四両一分だ。誰か丁に乗ってくれるお人はいないか」

いかさまはしないと見せるために諸肌《もろはだ》脱ぎで壺《つぼ》を振る男の斜め後ろで、別の男がすばやく出された金を勘定し、足りないほうに張るよう促す。

決して多いほうを減らしはしない。

博打場の儲《もう》けは、寺銭《てらせん》と呼ばれる賭《か》け金《きん》に応じた場所代なのだ。金額が大きくなればなるほど寺銭は多くなる。

「いい振りだったぜ」

賭け金が多くなると勝った者の儲けも増える。

儲けた者は、幾ばくかの金を壺振りに渡すのが決まりのようなものになっている。

「………」

もちろん、心付けを渡さなくても怒られはしないが、次から参加しにくくなる。

「お一人引けやした。どうぞ、そちらさん」

負けて金がなくなり、脱落した客の後を誰にするかは、壺振りの後ろにいる盆差配の男に任されている。

「さあ、今日も稼がせてもらうぜ。つきは来ているんだ」

勝つぞと来ても、心付けを出していない男は指名されない。

待っている客がいなくなっても放置される。

だが、これはまだましなほうなのだ。酷《ひど》い博打場ともなると、気の利かない客をいかさまで嵌《は》めて、丸裸にしてしまう。

「いかさまだっ」

あまりの負けっぷりに騒げば、

「うちの場を荒らす気か」

待ってましたと博打場を締めている無頼《ぶらい》が出てくる。

腕の一本ですめばいいが、下手《へた》をするとそのまま大川《おおかわ》に浮かぶことにもなりかねない。

博打場は人の欲を利用した無頼の舞台であった。

「かまわないか」

そんな博打場の一つを、諫山左馬介《いさやまさまのすけ》は昼間から訪れていた。

「おめえさんは……」

初めて見る顔に、博打場の門番代わりの下っ端が目を眇《すが》めた。なにせ天下の御法度《ごはっと》である博打を開帳しているのだ。町奉行所や、寺社奉行所に踏みこまれては困る。

どうしても博打場は、そういった捕り方が手出ししにくい大名屋敷、寺などになる。

左馬介が門を叩《たた》いたのも、浅草《あさくさ》から少し外れたとある大名の下屋敷であった。

「河内場《こうちば》から聞いた。なかなかいい場が立つと」

左馬介が何度か人足仕事の現場で一緒になった浪人の名前を出した。左馬介よりも歳上《としうえ》の河内場は、日当をもらうなり、飯も喰《く》わずに駆けていくほどの博打好きであった。

また、変わった苗字《みょうじ》というのもあり、記憶に残りやすかったというのもあった。

「ああ、河内場さんの連れかい」

「連れというほどではないが、よく人足仕事で一緒になった」

ここで親しいといえば、もし本人がなかにいて問い合わされれば、ぼろが出る。左馬介は正直に続けた。

「ちょっと金が入ってな。博打は初めてなのだが、一度してみたいと思って、前に河内場どのから聞いていたこちらへ来たのだ」

「初めてかい」

「ああ。一度もやったことはない」

珍しそうな顔をした門番に、左馬介がうなずいた。

「どこにお住まいで」

「浅草門前町を少し奥へ入った分銅屋《ふんどうや》の長屋だ」

捕り方の手の者ではないことを確認するため、門番が訊《き》いてくる。それに左馬介は偽りなく答えた。

「今はなにをなさっておいでで」

「分銅屋の用心棒よ」

「……どうぞ、お入りを」

すっと屋敷の潜《くぐ》り戸《ど》の閂《かんぬき》が外された。

「邪魔をする」

左馬介が頭を屈《かが》めて入った。

「お客人、お腰のものを預からせていただきやす。決まりでございますので」

「ああ。これでいいか」

ためらうことなく、左馬介は太刀《たち》と脇差《わきざし》を渡した。

もともと左馬介は刀を遣《つか》わない。武器は懐《ふところ》に入っている鉄扇《てっせん》なのだ。両刀はなくなると浪人という武士に準じた身分でなくなるということを嫌って差しているに過ぎない。

また、今回は分銅屋仁左衛門《にざえもん》から博打場で、いなくなっても誰も気にしない男を調達してこいとの指図を受けてのことだ。

「捨ててくださってもかまいませんよ」

塗りの剝《は》げた両刀を分銅屋仁左衛門から貸し与えられている。

「たしかにお預かりしやす。お帰りの都合がござんす。お名前を」

「諫山左馬介じゃ」

「へい」

てばやく両刀を紐《ひも》で括《くく》った門番が、紙の端にひらがなで左馬介の名前を書いてくっつけた。

「お遊びは、この奥で」

門番が動くわけにはいかない。

「わかった」

うなずいた左馬介は、建物へ足を踏み入れた。

「……開きやす。よござんすね……二ぞろの丁」

「よっしゃ」

「ちくしょう、また丁かあ」

屋敷は熱気で溢《あふ》れていた。

「……見ねえ顔だな」

そんな鉄火場《てっかば》を醒《さ》めた目で見ていた無頼が、左馬介に気づいた。

「初めてでな。ちと雰囲気に呑《の》まれていた」

左馬介が苦笑した。

「初見か。なら、やり方もわからねえか」

「河内場どのから、あるていどは聞いているが……教えてもらえればありがたい」

鼻で笑った無頼に、左馬介が頭を下げた。

「教えを請うとは、かわいいじゃねえか。よし、おいらが教えてやろう。まずは金を札《ふだ》に替えなきゃいけねえ」

「札……」

「金の代わりに張るやつよ。あそこに木箱を抱えて座っているのがいるだろう。あいつが代貸《だいが》しといってな。ここの金を全部預かっているんだよ」

「なぜ、そんなことを」

己《おのれ》の金を無頼に預けるなど、左馬介には理解できなかった。

「手入れが入ったときに、金を張っていると言いわけが利かねえのさ。木の札なら、お遊びで客は叱《しか》りおくくらいですむからな。ああして、代貸しが金箱を抱えているのは、いざというときにあれだけを抱えて逃げ出すためだ」

「それでは金を持ち逃げされるのでは」

左馬介が懸念《けねん》を口にした。

「そんなまねをしてみな。二度とこの博打場には客がこなくなる」

「そうなったとして、どうやって金を返してもらうのだ」

無頼が左馬介を誘って代貸しのもとへ行った。

「どうしたい、甚《じん》の字」

「初見の客だ」

甚の字と呼ばれた無頼が、左馬介を指さした。

「そいつは、ようこそのお見えでござんす」

代貸しが歓迎の意を述べた。

「諫山左馬介と申す。今回は世話になる」

左馬介も疑われないようはっきり名乗った。

「とりあえず、どれくらい札に替える」

甚の字が左馬介に問うた。

「そうよなあ……二両でもいいか」

左馬介は五両を分銅屋仁左衛門から預かってきている。

「全部遣《つか》っていいですよ」

そう言われてはいるが、小判なんぞ分銅屋仁左衛門に雇われるまで見たことも触ったこともないのだ。とても全部を出す勇気はでなかった。

「ついてきな」

「かまいやせんよ。うちは木札一枚が一朱になりやすので、全部で三十二枚になりやす。ですが、金と木札、木札と金を替えるときに手間賃をいただいておりやす」

「手間賃……」

不安そうな顔をした左馬介に、代貸しが笑いながら手を振った。

「一両につき一朱ずつでござんすので、三十枚お渡ししやす」

「ということは、これをこのまま金にしてくれと頼むと……」

「一両と三分になりやす」

「端数がでるはずだが……」

おずおずと左馬介が口を出した。

「端数は、こちらへいただいておりやす。ああ、ただで取ろうというわけではございやせんよ。あそこに茶と酒、ちょっとした食いものがございましてね。あれはお客人の好きにしていただいて結構で」

飲み食いはただだと、代貸しが告げた。

「そうか、飲み食いは好きにしていいのか」

左馬介が納得した。

「さっそくお遊びをと言いたいところでござんすが、最初は盆の決まりもおわかりではございませんでしょう。しばらくご覧になってくださいな」

「そうさせてもらおう」

多くの客の汗が染みこんだ木札を左馬介は大事そうに抱えて、勝負のおこなわれている盆と呼ばれる小畳が見やすいところへ移動した。

「ありゃあ、大事ねえな」

甚の字が笑った。

「ああ。あんな金のことを気にする奉行所の手下はいねえ」

代貸しも釣られて笑った。

「……………」

嘲笑《ちようしよう》されている左馬介は盆ではなく、博打に参加せず辺りでたむろしている客に注目していた。

「商人は駄目だ」

博打好きでも商人はまともな職業に就いている。分銅屋仁左衛門の求めているような闇《やみ》のことを平然とこなすことはできない。

「浪人か無頼だが……」

博打をする余裕のある浪人はそうはいない。ただ酒を喰らっている数名しかいなかった。

「ついてねえ。ちいと休憩だ」

壺が開き、負けた無頼が盆から離れた。

「お次、そこのお方どうでやすか」

差配していた無頼が、左馬介に声をかけた。

「せ、拙者《せっしゃ》か」

「お初のお方でござんしょう。いつまでも見ているだけでは、おもしろくございませんよ」

「そうだな」

ここで断ってはかえって目立つ。左馬介は札を握りしめて盆に空いた席へ胡座《あぐら》を掻《か》いた。

「参りやす」

左馬介が座るのを待って、壺が振られた。

「さあさあ、張っておくんなさいよ」

「半に」

壺脇の男の勧めで、左馬介も木札を一枚出した。

二

用心棒としての仕事がある。左馬介は博打場を一刻《とき》（約二時間）ほどで抜け出た。

「また来る」

左馬介の懐には、五両と二分一朱入っていた。

「少しは勝ったようだな」

甚の字が左馬介の雰囲気から読んだ。

「少しだけだがな」

「心付けは置いたか」

「ああ。木札四枚置いてきた」

「そいつは上出来だ。また、来な」

甚の字に見送られて左馬介は、分銅屋へと足を急がせた。

「二人くらいか」

博打をし、休憩をしながら左馬介は、無頼たちの様子を窺《うかが》っていた。

分銅屋仁左衛門が、無頼を使い捨てる気でいるとはわかっている。だからといって、欲望丸出しの男や、博打場で借財を重ねる男はこちらの言う通りではなく己の利で動くため、使いものにならない。

「次くらい声をかけてみるか」

初めての顔がいきなり声をかけてくれれば、警戒する。なにより、博打場を仕切っている連中が怪しむ。

一度の誘いで終わってくれればいいが、そうでなければ目を付けられてやりにくくなる。

「連日は、勘弁して欲しい」

昼間博打場へ行くために、左馬介は湯屋《ゆや》をあきらめている。

かつてのように、湯屋へ行く金で、一食分でも米を買うといった生活だったころならば、十日や二十日は苦にもならなかったが、分銅屋仁左衛門の負担でほぼ毎日湯屋に通えるようになった今では、毎日入らないと落ち着かなくなっている。

「三日ほど空けさせてくれまいか」

望みを胸に、左馬介は分銅屋へ戻った。

「お帰りですな」

「今戻りましてござる」

分銅屋仁左衛門の居室に顔を出した左馬介が、座った。

「お預かりしていた金でござる」

左馬介が金を端数まで、分銅屋仁左衛門の前に差し出した。

「増えてますな」

分銅屋仁左衛門が驚いた。

「手痛い目にも遭ったが、最後はどうにか帳尻《ちょうじり》を合わせられた」

「二分一朱でございますか。わたくしどもの店で用心棒をするより、歩《ぶ》はよいようでございますな」

「やめてくれ。いつ負けるかと思うと、心《しん》の臓が摑《つか》まれるようで、身体《からだ》に悪い」

笑った分銅屋仁左衛門に、左馬介が手を振った。

「わたくしのもとだと、命も危のうございますが」

分銅屋仁左衛門が笑いを消した。

「今更の話をせんでくれ。逃げ出したいのを我慢しているのだ」

左馬介が述べた。

「それにここまでかかわってしまったのだぞ。もう、知らぬ顔などできぬ。逃げれば、生涯後悔するだろう」

「正直なお方だ」

真顔で告げた左馬介に、分銅屋仁左衛門が頬を緩《ゆる》めた。

「情が絡《から》んできましたねえ。もう一歩進めますか」

「なんだ」

分銅屋仁左衛門の小声で呟《つぶや》いた内容が聞き取れず、左馬介が怪訝《けげん》な表情を浮かべた。

「いえ、こちらのことで。ああ、そろそろお客さまがお見えになりますな」

「客……」

聞いていないと左馬介が首をかしげた。

「諫山さまが出られてから、先触《さきぶ》れがお見えになったのでございますよ」

「先触れをわざわざ出すとは、よほどの相手だな」

分銅屋仁左衛門の説明に、左馬介が緊張した。

両替屋とはいえ、商家には違いない。朝、大戸を開けて、夜閉めるまでは、いつなんどきでも客を受け入れる。

魚屋や八百屋に今から行くと報《しら》せを出す客がいないのと同じで、両替屋を訪れる者は前もって使者など出さない。出すのは、主《あるじ》でないと困る用であった。

「借財か」

「でしょうなあ」

左馬介の推測を分銅屋仁左衛門が認めた。

分銅屋は表向き、両替を商いにしている。小判を銭に替えたり、銭を小判にしたりすることで手数料を稼ぐ。とはいえ、手数料など知れている。一両を銭に替えたところで、せいぜい四百文ほどである。決まっていないのは、銭が相場で上下するからであった。

一両はおおよそ銭六千文になる。だが、これは決まっていない。今ではここまで高くはないが、幕初は一両四千文であったという。四千文から四百文も手数料を抜いては、あまりに高額すぎる。逆に銭が安くなり一両が八千文くらいになると、四百文の手数料では割りが合わない。

相場で手数料が変動する。変動しなくても、さほど儲かるものではなかった。さらに金を替えてくれと客が列を作って来るわけではない。

両替商はそれこそ細々とやっていくだけのものであった。

しかし、金を扱うことで、その真価に両替商は気づいた。

金がなければ、人は生きていけない。たとえ武士であろうが、民であろうが、金がなければ、食いものを手に入れ、身を包む衣服を調達し、雨風を凌《しの》ぐ家に入れないのだ。

「商品として寝ている金を貸して、利を取れば……」

いつどこの誰が考え出したのかはわからないが、両替屋は金貸しを始めた。

最初は、小商《こあきな》いの元手を貸した。朝、仕入れの金を貸し、夕方売り上げから返済を受ける。百文貸したら、夕方には百十文返すといった短期のものだったが、やがてその規模は大きくなっていった。

「千両頼む」

武家の経済が逼迫《ひっぱく》を始める元禄《げんろく》のころには、両替屋のいくつかは大名や旗本相手に、年貢を形《かた》として金を貸す大名貸しとなった。

分銅屋もその一つである。代々の分銅屋は、浅草浅草寺《せんそうじ》の末寺《まつじ》を相手に金貸しをおこない、身代《しんだい》を大きくしてきた。

当代の分銅屋仁左衛門はなかでも傑物《けつぶつ》であった。父が商売をしくじり、店ごと親戚に奪われそうになったのを防いだうえ、商才を見せつけ、今では近隣の土地を買い上げては蔵を建て増していく、浅草近辺でも指折りの豪商である。

「金を借りるとあれば、頭の一つも下げなければならぬ。先触れもしよう」

左馬介が納得した。

「面倒な相手なのですがねえ。初見では断れませんし」

分銅屋仁左衛門がため息を吐《つ》いた。

「……面倒な相手とはどなたさまだ」

たとえ日本橋《にほんばし》の越後屋《えちごや》でも、商売人同士である。分銅屋仁左衛門に越後屋が金を借りに来ることはないだろうが、対等につきあえる。

左馬介が問うた。

「水戸《みと》さまでございますよ」

「御三家《ごさんけ》の……」

仰ぐように天井を見上げた分銅屋仁左衛門の出した名前に、左馬介が絶句した。

御三家は徳川家康《とくがわいえやす》の息子たちを祖とする名門中の名門大名である。将軍職を受け継ぐ本家に、跡継ぎがいないときは御三家から出るとされ、実際、八代将軍吉宗《よしむね》は御三家の一つ紀州《きしゅう》家から将軍になった。

「用件は……」

「直接言うと」

なにをしに来るのかと尋ねた左馬介に、分銅屋仁左衛門が首を横に振った。

「たぶん、借財でしょう。水戸さまはかなりお困りだと伺ったことがございます」

「御三家が金に困るのか」

将軍の分家が商家に借財を申しこんでくるのが、左馬介にはわからなかった。

「御上《おかみ》から金を融通してもらえるのでは」

「無理ですなあ。なにせ、御上に金がございません」

幕府の援助があるだろうと言った左馬介を、分銅屋仁左衛門が否定した。

「あれば田沼《たぬま》さまが、わたくしどものもとへはお出《い》でになりませぬよ」

分銅屋仁左衛門が首を左右に振った。

お側《そば》御用取次《ごようとりつぎ》の田沼主殿頭意次《とのものかみおきつぐ》は、八代将軍吉宗の遺言に従って、幕府の財政を米から金に代えようと画策し、その手伝いを分銅屋仁左衛門に求めた。

「金で生きている者が、もっともその威力と、遣いかたを知っているだろう」

田沼意次は、そう言って分銅屋仁左衛門を出入りの商人に指名した。

九代将軍家重《いえしげ》の信頼厚い寵臣《ちょうしん》として、お側御用取次に出世した田沼意次のもとには、その縁故を紡《つむ》ごうと多くの大名、旗本、商人が集《つど》っていた。

当然、出入り商人に指名された分銅屋仁左衛門のもとにも、伝手《つて》を求めて人が寄ってきていた。

「今度も、田沼さまへの仲介でしょうなあ」

分銅屋仁左衛門がもう一度ため息を吐いた。

「旦那さま。お客さまがお見えでございまする」

見計らったかのように、番頭が顔を出した。

「水戸さまかい」

「はい」

「なら、一番奥の客間の用意をしておくれ。お供の方のぶんもね」

確認してから、分銅屋仁左衛門が指図した。

「さすがに御三家さまともなると、もっともよい客間になるな」

左馬介が感心した。

ちょっとした商家には、客間がいくつかあるのが当たり前であった。奥になるほど客間はよいとされ、客の格、用件などに合わせて使い分けるのも商いの技であった。

「それもありますがね。なにより諫山さまに控えていただきたいのでございますよ。どうも嫌な予感がね」

金を扱う商売だけに、いろいろな客が来る。なかには、分銅屋仁左衛門を脅して金にしようという輩《やから》までいる。そういった連中を排除するのも用心棒の仕事であった。

「わかった」

眉をひそめた分銅屋仁左衛門に、左馬介が首肯《しゅこう》した。

たとえ金を借りる側であっても、武家が上になる。

「お待たせをいたしましてございまする。当家の主、分銅屋仁左衛門と申しまする」

左馬介に指示を出した分銅屋仁左衛門が、やって来た水戸家の者を店まで出迎えに出た。

「うむ」

立派なりの武士が鷹揚《おうよう》にうなずいた。

「どうぞ、奥へ」

分銅屋仁左衛門が、ていねいに武士を案内した。

「……………」

まだなにも言われていないのに、立派な身形《みなり》の武士が客間の上座へと腰を下ろした。

さらに、その左に供の若侍が座を占めた。

「あらためまして、ようこそお出でくださいました」

もう一度、分銅屋仁左衛門が歓迎の挨拶《あいさつ》をした。

「水戸徳川家留守居役《るすいやく》但馬《たじま》久佐《ひさすけ》である」

ようやく武士が名乗った。

「お名前承《うけたまわ》りましてございまする」

分銅屋仁左衛門が頭を下げた。

「旦那さま」

来客の対応もする上《かみ》の女中喜代《きよ》が、茶碗《ちゃわん》を二つ盆にのせて客間の廊下で膝《ひざ》を突いた。

「わたしがするから、いいよ」

武家の対応に女中を出すのは無礼になる。

すっと膝を滑らせて、分銅屋仁左衛門が盆を受け取った。

「……失礼をいたしまする」

喜代がていねいに一礼して、下がった。

「どうぞ」

分銅屋仁左衛門が但馬久佐と供の前に茶碗を置いた。

「毒味を」

まず供が茶を口にした。

「……大事ございませぬ」

ゆっくりと舌で確認した供が告げた。

「……ふむ。なかなかによき茶であるの」

一口含んだ但馬久佐が感心した。

「畏《おそ》れ入ります る」

分銅屋仁左衛門がもう一度頭を垂れた。

「さて、分銅屋。今日、そなたの店に参ったのは他でもない。金子《きんす》の都合を頼みたいのじゃ」

「失礼かと存じますが、いかほど」

金額を聞かなければ、諾否《だくひ》は出せないと分銅屋仁左衛門が尋ねた。

「いくらなら出せる」

「それはいささか無理なことかと」

質問に質問で返された分銅屋仁左衛門が苦笑した。

「無礼な」

供が分銅屋仁左衛門の対応に怒った。

「太郎兵衛《たろべえ》、よい」

但馬久佐が供を抑えた。

「意味がわからぬか。簡単なことよ、そなたが貸せるだけ貸してくれればいい」

「貸せるだけ……でございますか」

「そうよ。分銅屋が水戸徳川家にどれだけの金を融通してくれるかと訊いておる」

なんとも言えない顔をした分銅屋仁左衛門に、但馬久佐が述べた。

「何に遣われるとか、いつお返しくださるとかは……」

金を借りるときの条件も詳細もなしでかと、重ねて分銅屋仁左衛門が確かめた。

「しつこいぞ、分銅屋」

また太郎兵衛が大声を出した。

「やめぬか。分銅屋が怯《おび》えるだろう」

但馬久佐が太郎兵衛を制した。

「……………」

口のなかで分銅屋仁左衛門が嘆息《たんそく》した。

「さようでございますな。今のお話で当家が水戸徳川さまにご融通できる金額は……」

そこまで言った分銅屋仁左衛門が懐から紙入れを出し、一分金を一枚摘《つま》んだ。

「これだけでございまする」

一分金を分銅屋仁左衛門は、但馬久佐の前に置いた。

「……………」

但馬久佐が呆然《ぼうぜん》とした。

「……な、なにを」

吾《われ》に返るのは太郎兵衛が早かった。

「ご覧になったことはありませんか。一分金というお金でございますな」

分銅屋仁左衛門が普段の口調になっていた。

「ふ、ふざけるなっ」

太郎兵衛が横に置いていた太刀に手をかけた。

「ふざけているのはそちらさまでございましょう。何一つ言われず、ただ金を用立てろ。それを商いとは申しませぬ」

「水戸家であるぞ」

ようやく但馬久佐が気を取り直した。

「水戸さまが将軍さまでも同じでございまする。新田開発のために一万両出せ。返済は毎年の年貢から千両ずつするとか、殿さまのご出世に金が要る、役目に就いたときに金を返すとかのお話もなく、ただ出せるだけ出せなど」

大きく分銅屋仁左衛門が首を横に振った。

「水戸家が信用ならぬと」

但馬久佐がぐっと分銅屋仁左衛門を睨《にら》みつけた。

「水戸さまというより、あなたさまが信用できませんなあ。本当に水戸さまのお留守居役さまで」

「儂《わし》を疑うと」

「本物だという証《あかし》を見せてもらっておりません」

分銅屋仁左衛門が告げた。

「言わせておけば……」

太郎兵衛が立ちあがりざまに太刀を抜いた。

「……それはいかぬな」

襖《ふすま》の外で様子を窺っていた左馬介が鉄扇を手に割って入った。

「なんだ、おまえは」

太刀を振り下ろそうとした太郎兵衛が一瞬戸惑った。

「ここの用心棒じゃ」

誰何《すいか》された左馬介が太郎兵衛の太刀を鉄扇で押さえた。

「こいつっ、浪人か」

太郎兵衛が左馬介をさげすみの目で見た。

「野良犬は引っこんでおれ」

「飼い犬よ。尻尾《しっぽ》を振る相手が誰かはわかる」

左馬介が口の端を吊《つ》り上げた。

「邪魔をするな」

太刀を太郎兵衛が一度引いて、左馬介に斬りつけようとした。

「ふん」

太刀と鉄扇では、小さいぶん鉄扇が取り回しやすい。左馬介が、太刀の腹を鉄扇で叩いた。

「……えっ」

太刀が折れたことに気づいた太郎兵衛が、間の抜けた声を出した。

「但馬さまとおっしゃいましたな」

動揺一つ見せず、分銅屋仁左衛門が但馬久佐に呼びかけた。

「なんじゃ」

さすがに水戸家の留守居役だけに、但馬久佐も平然としていた。

「刀を抜いて斬りかかるというのは、いささかどうかと」

「無礼討ちじゃ、問題はなかろう」

分銅屋仁左衛門の追及に但馬久佐が淡々と答えた。

「金を借りに来て無礼討ちですか。通るかどうか、お目付さまに伺ってみましょうか」

「……太郎兵衛、太刀を納めろ」

但馬久佐が、太郎兵衛に命じた。

「ですが……」

太刀を折られた太郎兵衛は、憤懣《ふんまん》やるかたないという顔で但馬久佐に返した。

「今日のところは、引く」

但馬久佐が腰をあげた。

「……はっ」

太郎兵衛が左馬介を殺気の籠もった目で見ながら、折れた太刀を鞘《さや》へ戻した。

「また来る」

但馬久佐が太郎兵衛を連れて、出ていった。

「やれやれ、わざとでしたか」

分銅屋仁左衛門が嘆息した。

「わざと……」

「はい。今のはわたくしがどう出るかを試したのでございましょう。次こそ本番だと思いますよ。留守居役というのは、藩の対外を担うお役目。一筋縄ではいきませぬなあ」

嫌そうに分銅屋仁左衛門が、頬をゆがめた。

三

田沼主殿頭意次の屋敷は、面会を求める客で混雑していた。

「是非とも」

「なにとぞ、当家を」

整然と並んでいたはずの行列が崩れた。

「お控えあれ」

「お止まりを」

下城してきた田沼意次の姿に押し寄せてくる客たちを供侍《ともざむらい》が必死で止めた。

「人というのは、度しがたいものよ」

田沼意次があきれた。

家重から賜《たまわ》った上屋敷は呉服橋御門内《ごふくばしごもんない》にある。呉服橋御門から江戸城大手門《おおてもん》は近い。身分から乗輿《じょうよ》を許されてはいるが、成り上がり者としての遠慮から普段は騎乗で登下城している。雨だとか、下城後どこかへ立ち寄るときなどは駕籠《かご》を使うが、今日は真っ直《す》ぐ屋敷に帰る予定であったため、騎乗であった。

「並んでいれば、かならず会うと申しておるというに」

もちろん、呉服橋御門内という立地もあり、日が暮れての出入りは咎《とが》められはしないが、外聞のいいものではない。

「本日はここまでとさせていただきまする。後続のお方はお名前をお伺いしますゆえ、明日の到来をお願いいたしまする」

田沼家の藩士が、行列を途中で区切るが、それに対する保証はしている。順番さえ守れば、かならず面談はかなうとわかっていても、田沼意次の姿を見た途端、行列は一気に崩れた。

「どけい。会津《あいづ》藩の者じゃ。譲らぬか」

ひときわ大きな声がした。

「いかがいたしまするか」

供侍が訊いてきた。

「決まりは決まりである。格別はない」

田沼意次は強く断じた。

「では、御門内に」

供侍が馬に付き従って、近づこうとする者たちから主君を守ろうとした。

「これは迷惑。本日の面談は中止といたす」

馬上から田沼意次が宣した。

「そんな……」

「朝から待っていたというに」

面談希望であった連中が、田沼意次の発言に呆然とした。

「行くぞ」

その隙《すき》に田沼意次は屋敷へと入った。

「大門を閉めよ」

主が入れば、大門は閉じられる。

「お待ちあれ」

呆然としていた面談希望の者たちが慌てた。

「では、本日はこれにて」

面談希望者の相手をしていた田沼藩士も潜り門から、なかへと消えていった。

「なんということだ」

「誰じゃ、最初に列を乱した者は」

残された面談希望の者たちが、言い合いを始めた。

「いい歳をして情けないことだねえ。まあ、わたしもあまり他人《ひと》さまのことを言えた義理じゃないけどね」

田沼意次の下城に合わせて、上屋敷を訪れようとしていた分銅屋仁左衛門が苦笑した。

「それほど必死にならねばならぬのかの」

当たり前のことだが、田沼意次に面談を申しこむのだから、客のほうも大名の用人《ようにん》、名の知れた豪商と裕福な者ばかりである。

それが飢えた獣《けもの》の集団に肉の塊を投げこんだような浅ましい有様を見せる。明日の米の心配をなくした左馬介にしてみれば、不思議でしかたなかった。

「人は米だけで生きていくわけではございませんから」

分銅屋仁左衛門が左馬介の感想に表情を緩めた。

「さて、あの騒がしい連中に一石を投じますか」

「……拙者がか」

田沼家出入り商人である分銅屋仁左衛門は、行列にかかわりなく門をくぐれる。わざと並んでいる連中を横目に見ながら、分銅屋仁左衛門は屋敷に入る。だからといって用心棒まで連れて入ることはできない。それこそ、田沼家が信用できませんと言っているのも同じになるからだ。

一人門外に取り残される。いつものことだが、さすがにこの状況では勘弁して欲しかった。

「適当にあしらってやりなさい。ああ、前も申しましたが、もらった金は心付けだと思っていただいてかまいませんよ」

言い残して分銅屋仁左衛門が離れていった。分銅屋仁左衛門との繫《つな》がりを求めて左馬介に便宜を図ってもらおうとする者が出てきた。

「もらっていいと言われてものう」

住むところもあり、飯も三食面倒を見てもらえる。明日仕事を得られるかと不安だったころとは違う。なにより将来の夢だった鉄扇術道場も援助が約束されている。

「これ以上なにを望めばいい」

左馬介が悩んだ。

「女か……」

まだ左馬介は枯れる歳ではない。男の生理として、女を求めるときもある。

「遊びもなあ……」

前ほど遊郭《ゆうかく》に行きたいとは思っていない。

「どうなることか」

左馬介の脳裏に二人の女が浮かんだ。

「ちょっと失礼しますよ」

分銅屋仁左衛門がまだ門前でもめている面談希望の者たちをかき分けた。

「お邪魔をいたしまする。分銅屋でございまする」

「おう、分銅屋どのか。今、開ける」

声をかけた分銅屋仁左衛門が待つほどもなく、潜り門が開いた。

「殿さまは」

「お帰りじゃ。入られよ」

すんなりと分銅屋仁左衛門が田沼屋敷に入った。

「今のは誰だ」

たちまち面談希望の者たちが騒ぎ出した。

「あれは分銅屋だ。浅草の両替屋で、田沼さまへの出入りを許されているはず」

分銅屋仁左衛門の顔を知っている者がいた。

「……分銅屋だと。ならばっ」

会津藩を名乗っていた武士が、周囲を見回した。

「いた」

すぐに左馬介を見つけた。

「諫山」

武士が走るように寄ってきた。

顔見知りの会津藩江戸家老に声をかけられた左馬介が苦く頰をゆがめた。

「これは井深《いぶか》どの」

「そなた、高橋《たかはし》の行く先を知らぬか」

「高橋……ああ、あの留守居役の」

一層左馬介は嫌そうな顔をした。

高橋とは、会津藩の江戸留守居役であった。左馬介の父と顔見知りであったことを利用して、分銅屋仁左衛門に取り入ろうとして失敗していた。

「高橋が逐電《ちくでん》いたしたのよ」

井深が事情を話した。

「逐電とはまた穏やかでないことを」

藩士が逐電するというのは、よほどであった。逐電してしまえば、藩籍はもちろん取り消され、家禄《かろく》も武士という身分も失う。まさに武士にとって、清水《きよみず》の舞台から飛び降りるほどの行為であった。

「高橋外記《げき》には分銅屋どのへの無礼を咎め、謹慎を命じたのだが、それを不服としたのか、藩邸を逐電しおってな。その後吉原《よしわら》へ行ったことはわかっておるのだが……」

「よろしいのでござるか。拙者にそのようなことをお話しになって」

左馬介が井深を制した。

「……すでに高橋の藩籍は抹消した。今、捕まっても当家とかかわりはない。放置していてもよいのだが、その……なんだな……」

井深が口ごもった。

「口にしていただかぬと、拙者はわかりかねますぞ」

相手が江戸家老でも、左馬介にとってはそのへんの武家でしかない。忖度《そんたく》するだけの意味はなかった。

「わかるであろう。そなたもまんざらかかわりがないわけでもなかろう」

まだ井深は目的を濁《にご》した。

「拙者にかかわりが……なんのことでございましょう」

井深は藩籍を抹消した、かかわりはないと言いながらも高橋の行方を探していると左馬介はわかっていながら、首をかしげ続けた。

高橋は留守居役だったのだ。藩の顔に近い。高橋ではなく、世間では会津藩の留守居役として認識されている。また、藩の対外を担うだけに、かなり藩政の深いところまで裏を知っている。藩を捨てた者が、それをどこかに売りこまないと考えるのは甘すぎる。

なにせ高橋は、留守居役として老中や御三家などにも知り合いを持っている。将軍に近い家柄の会津藩、その弱みを握りたいと思っている者は多い。

かといって、大々的に江戸詰めの藩士を総動員して高橋を探し回るのは、会津藩でなにかあったと報せて歩いているも同然になる。

大名というのは、外聞を酷《ひど》く気にする。

「藩士が欠け落ちした」

なかでもこれは恥になった。

欠け落ちとは、その字の通りなにかの不満があるために、藩から離れるとの意味であり、藩主が仕えるに値しないと家臣が評価したと取られるからであった。

「将軍の弟を始祖とする格別な家柄とはいえ、藩主がその座にふさわしくないというのは、いかがなものか」

それこそ城中で陰口をたたかれる。

「会津松平《まつだいら》家にこのたびの上様が日光《にっこう》参拝の随行《ずいこう》をさせよう」

こういった名誉なときに、

「いや、藩士が欠けたという。なにかしら問題があるのではないか。そのような大名に、上様のご随行などさせて、なにかあれば我ら執政《しっせい》衆の汚点となりましょうぞ」

力不足であると言われてしまう。

出自に特別な理由がある会津藩にとって、悪名はまずい。もちろん、すべての大名にとって悪評はまずいが、とくに会津藩は避けなければならなかった。

それというのも、会津藩の祖保科正之《ほしなまさゆき》が二代将軍秀忠《ひでただ》の息子でありながら、とうとう認められなかったからであった。

二代将軍秀忠の妻、浅井長政《あさいながまさ》の娘江《ごう》は嫉妬《しっと》深い女であった。

江は秀忠が、側室《そくしつ》に産ませた長男を壮健な身体にするためと言いつくろって、全身に同時にお灸《きゅう》を据えた。まだ二歳にすぎなかった長丸《ちょうまる》は、この虐待によって死亡した。

「まずい」

秀忠は、江の目的をこれで理解した。

江は浅井長政と織田信長《おだのぶなが》の妹市《いち》との間に生まれた。つまり織田家の血を引いている。

かつて織田信長の同盟者とはいいながら、その勢力差から家臣扱いをされていた徳川家康は本能寺《ほんのうじ》の変の後を生き抜き、将軍となって天下を統一したことを織田家は認められていない。

「織田の血筋こそ……」

江は三代将軍となるのは、吾《わ》が腹を痛めて産んだ息子でなければならないと考えていたのだ。

幸い、秀忠と江の間には二人の男子ができた。

それで油断したのか、あるいは江の強さに怖《おそ》れを感じたのか、秀忠は静《しず》という女中に手を出し、妊娠させてしまった。

「………」

女というのは鋭い。夫から他の女の匂《にお》いを感じた江が秀忠を疑いの目で見だした。

「このままでは静が殺される」

子供でさえ認めなかったのだ。直接秀忠の寵愛《ちょうあい》を受けた女を許すはずなどない。

あわてて秀忠は静を宿下《やどさ》がりさせ、武田信玄《たけだしんげん》の娘で夫を亡くし尼僧《にそう》となっていた見性院《けんしょういん》に預けた。

「ゆえなき預かり子をなさるな。お引き渡しあれ」

だが、江の追及は終わらず、とうとう静と生まれた子供が見性院のもとにいることが露見した。

とはいえ、見性院も戦国一の名将とうたわれた武田信玄の娘である。

「一度預かった以上は、吾が子も同然である。母から子を奪うという無道なまねを御台所《みだいどころ》がなさると」

堂々と江の要求をはねのけた。

だが、相手は将軍の正室である。徳川家の慈悲で同じ江戸城北の丸に居を与えられている見性院では、いつか押し切られるときが来る。

「そなたの子にしてくれぬか」

見性院は旧臣の保科正光《まさみつ》に生まれた子を預けた。

その子が保科正之であった。

保科正光は、静と保科正之を密《ひそ》かに領国信濃高遠《しなのたかとお》へ連れて帰り、江の手が届かないようにした。

結果、保科正之は無事に成人を迎えられたが、代わって将軍秀忠の子供との認知を受けられなかった。

このままで物語が終われば、保科正之は譜代《ふだい》小藩の主として平穏な生涯を送れたかも知れなかったが、江の影響はまだ続いた。

江は産んだ二人の息子を等しく扱わず、次男忠長《ただなが》を溺愛した。

「信長公の面影が強い」

諱《いみな》にも信長の一文字を入れさせて、

「忠長こそ、正統な将軍たるべし者」

と周囲にも告げ、長男家光《いえみつ》をないがしろにし、忠長を偏愛した。

江の女としての怖ろしさを身にしみている秀忠が、これに逆らえるはずもなく、三代将軍は忠長だと世間もそう思うところまで来た。

「長幼はおかすべからず」

それに待ったをかけたのは、徳川家康であった。

家康は長男がいるのに、次男が跡を継ぐなど論外であるとして、家光を三代将軍に指名した。

結果、家光は三代将軍となり、忠長は一度駿河《するが》一国を与えられたが、江の死後謀叛《むほん》を言い立てられて改易、高崎《たかさき》へと流罪となったうえ、自害をさせられた。

「弟がいるらしい」

忠長と違い、将軍の座を一切侵すことのない身内がいると知らされた家光は、保科正之を召し出し、かわいがった。

「そなたに政《まつりごと》を預けよう」

やがて保科正之の能力に気づいた家光が、執政にした。

これも悪かった。

家光にそこまでの考えがあったのか、単に優秀な弟を誇りたかったのかはわからないが、徳川家には、一門は政にかかわらずという制約があった。

これらが重なって、保科家は二代将軍秀忠の直系でありながら、譜代大名という臣下の座に甘んじることになった。

保科正之の死後、松平の名乗りを許され、江戸城溜《たまり》の間《ま》詰めを命じられ、諮問《しもん》あれば幕政にかかわる格別な家柄となっても、会津藩は臣下のままであった。

そして、臣下は主君の機嫌次第でどうされても、文句は言えない。

今のところ、信州《しんしゅう》高遠から、羽州山形《うしゅうやまがた》、会津へと栄転を続けてきているが、いつ物なりのよい会津を取りあげられ、九州や奥州《おうしゅう》の北へ移されるかわからない。

「どうやら会津藩でなにかあったらしい」

高橋の欠け落ちは幕府に目を付けられる原因になる。

会津は執政たちにとって、目の上のたんこぶなのだ。

「執政となるときは、大政《たいせい》委任として幕政すべてを預ける」

初代保科正之の精励振りは三代将軍家光だけでなく、四代将軍家綱《いえつな》の認めるところとなり、他の譜代大名のように側衆だとか若年寄だとかを経ず、いきなり大老をこえる幕政委任となる。

「言うことを聞け」

昨日まで老中だと威張っていた連中が、手を突かなければならなくなる。それが会津藩である。当然、老中になれる家柄からは煙たがられている。いや、隙を狙われている。少しでも穴があれば、そこへ突き落としてやろうと手ぐすねを引いている。

なんとしてでも会津藩は醜聞《しゅうぶん》を避けなければならなかった。

「そなたのもとへは来ておらぬか」

「見かけませぬな。もちろん分銅屋にも近づいては参りませぬ」

まだすがろうとする井深に、左馬介が強く否定した。

「そなたとは縁浅からぬであろう。のう」

「なにをお求めかわかりませぬが、拙者は分銅屋に雇われているだけの者。主の指図なくばなにもお約束できませぬ」

しつこいと左馬介が現状を強く表した。

「では、分銅屋に会おうではないか」

「……………」

言い出した井深に左馬介があきれた。

「高橋がどれだけ迷惑をかけたか、知らぬとは言わせませぬぞ」

「それについては、詫《わ》びよう」

まだ井深はあきらめなかった。

四

分銅屋仁左衛門は、すぐに田沼意次の居室へ通された。

「ご機嫌麗しく……ございませんな」

一目で田沼意次の機嫌が悪いことを分銅屋仁左衛門は見抜いた。

「見ていただろうに、なにを申すか」

騒動を知っているだろうと田沼意次が鼻を鳴らした。

「途中からでございますが」

分銅屋仁左衛門が素直に認めた。

「民の模範たるべし武家が、まともに順番さえ守れぬなど……」

田沼意次が吐き捨てた。

「そこまでしても無意味ではないか。余は順番に会って話を聞き、適切な対処をいたしておる。早かったから有利だとか、遅ければ不利だということもない」

「わたくしに言われましても……」

「……であったな」

世間で賄賂《わいろ》を受け取っては、優遇をはかっていると思われている田沼意次の真実の姿を分銅屋仁左衛門は知っている。

己の不満をもっともだと思いながらも困惑する分銅屋仁左衛門に、田沼意次が落ち着いた。

「すまなんだな。まったく、度しがたいと腹立たしくての。家臣どもにあたるわけにもいかぬし……旗本は誰も吾も長崎奉行にと言いおるし、大名は寺社奉行にばかり就きたがる。合う合わぬなど考えもせぬ」

旗本にとって長崎奉行がもっとも金になる。本禄《ほんろく》以外に付けられる役料も図抜けて多く、南蛮《なんばん》から入ってきた珍しいものを安値で買えるという余得もある。一度務めれば、三代裕福で過ごせると長崎奉行は人気であったが、定員が決まっている。長崎奉行の定員は二人、どちらも就任したばかりである。とても交代させられるわけはない。とくに一人は、先日田沼意次の圧力で、無役の寄合から長崎奉行になったのだ。どう考えても今割りこめるものではなかった。

「長崎へ行く間もない三日交代でいいのならば、即座に叶《かな》えてやるものを」

田沼意次が嘆いた。

当たり前だが、長崎奉行をして儲かるのは、現地へ赴任している年数が多くなければならない。江戸詰めの長崎奉行など、役料以外の儲けはほとんどないといえる。

「何々どのに代えて拙者を長崎奉行にご推挙くださいませ。また、長崎奉行になりましたら十年は務めさせていただきたく」

堂々とそう言ってくる。

「どうぞ、お納めを」

差し出す金額は前任者より少ないのだ。

「長崎奉行にしていただいたあかつきには、きっと報いまする」

保証も何もない空証文《そらしょうもん》を持ち出してくる者もいる。

「寺社奉行も同じよ。譜代大名が出世していくためには、かならず寺社奉行を経験せねばならぬ。寺社奉行から若年寄、側用人、大坂城代、京都所司代《しょしだい》などを歴任して、ようやく老中にいたる。いくら余が上様のご信頼厚いとはいえ、いきなり大坂城代や京都所司代、ましてや老中に推挙はできぬ」

幕府が重ねてきた前例というのは、なかなか強固であり、将軍といえども外様《とざま》大名を老中にはできない。

「それをわかっていながらの愚行……馬鹿どもが」

愚痴を田沼意次が吐き出した。

「幕府百年を考えて、米を金に代えようと大御所《おおごしょ》さまは仰せられた。だがな、分銅屋……余はこの有様を見て思うのだ。もう、幕府の崩壊は、武士の世のなかの崩壊は、防げぬのではないかとな。いや、もう崩壊しているのかも知れぬ」

「……田沼さま」

疲れている田沼意次に分銅屋仁左衛門が気遣いの声をかけた。

「すまぬの。こちらの不満を聞かせた。で、本日はなんだ」

田沼意次が促した。

「畏《おそ》れ入りまする。まず、最初は……」

分銅屋仁左衛門が左馬介から聞かされた博打場の話をした。

「昼間から御上の目を盗んで、賭博《とばく》にうつつを抜かすのは論外である。が、それ以上にそういった享楽な輩に金で飼われ、己の屋敷を貸し与える者も者じゃ。寺社奉行だけでは取り扱えぬの。目付どもにも城中だけではなく、城下の探索にも力を入れるように命じなければならぬ」

町奉行と火付け盗賊改《あらた》め方《かた》の名前を出さなかったのは、そのどちらも民にしか力を及ぼせず、寺社や大名旗本の屋敷に手出しできないと田沼意次は知っていたからである。

「おやめなさいませ」

力を入れると言った田沼意次を分銅屋仁左衛門が止めた。

「どうしたのじゃ」

「いたちごっこになるだけでございまする。悪の潰《つい》えたためしはない。これは真理でございまする」

「悪は潰えぬか。ふふ、我らも悪であるからの」

皮肉げな笑いを田沼意次が浮かべた。

「なにより、押さえつけて散らばられては面倒でございまする。悪党など、どこにいてなにを企《たくら》んでいるのか、わかっているほうが安心かと」

「掌《てのひら》で転がせと申すか。分銅屋、そなたは厳しいわ」

分銅屋仁左衛門の言葉に、田沼意次がため息を吐《つ》いた。

「あともう一つ」

「まだあるということは、今のものより険しいな」

田沼意次が身構えた。

「いえ、どちらかといえば、こちらは天下国家にかかわりないかと存じまする。水戸徳川家のお留守居さまが……」

水戸徳川家留守居役但馬久佐とその従者太郎兵衛のことを分銅屋仁左衛門は語った。

「御三家の水戸が、そなたのところへ金を借りに来たと」

「あまりの態度でございましたので、真意は別にあるやも知れませぬが、そのようなことを申しておりました」

但馬久佐へ敬意を表するつもりなどはないと分銅屋仁左衛門は言葉遣いを格下扱いにしていた。

「水戸徳川家が窮迫しておることは存じている。もとは二代目光圀《みつくに》公が大日本史《だいにほんし》などという無駄遣いを始めたことが原因であるが……」

大日本史編纂《へんさん》とは、なかでも天皇家を我が国正統の支配者として扱い、その始まりから現在にいたるまでの詳細な歴史をまとめあげようというものである。地方に埋もれている伝承、文献なども集め、それらを検討比較するなど、多くの人手と日数を費やしているため、いまだ完成には遠い。

「百年以上前の当主が言い出したことなど、どうでもよいだろうに。将軍家でさえ、焼け落ちた天主閣の再建は諦めたというに」

初代徳川家康、二代秀忠、三代家光と、幕初のころ江戸城は主が代わるたびに、その顔でもある天主閣を建て直してきた。

しかし、明暦《めいれき》の大火で江戸が灰燼《かいじん》に帰したことで天主閣を再建するだけの余裕を失い、とうとう四代将軍家綱の天主閣は造られなかった。

「しかし、分銅屋。そなたと水戸家にかかわりはなかったはずだが」

田沼意次が怪訝な顔をした。

「はい。わたくしどもはもとより、諫山さまにも水戸家との縁《えにし》はございません」

分銅屋仁左衛門が首を横に振った。

「諫山にもないとなると……」

難しい顔で田沼意次が考えこんだ。

「……諫山は」

「外で待たせておりまする」

浪人を屋敷内に入れるのはまずいだろうと分銅屋仁左衛門は遠慮している。

「誰ぞ、門前におる諫山を連れて参れ」

「はっ」

田沼意次の命に、廊下で控えていた家臣が小走りに離れていった。

「本人から直接話を聞きたいのでな」

「かたじけのうございまする」

身分をこえた交流を平然とする田沼意次に、分銅屋仁左衛門が本心から頭を下げた。

門前では左馬介がまだ会津藩の井深に捕まっていた。

「見かけたときに、捕まえてくれればいい」

「ただの浪人に他人を捕縛《ほばく》する権なんぞ、ございませぬ」

町奉行所とはいろいろあった。町奉行はうまくごまかせたが、与力や同心はそうはいかない。町奉行の声掛かりだから我慢しているだけで、要らぬことをすればたちまち左馬介を押さえに来る。

なにせ町奉行所定町廻《じょうまちまわ》り同心を一人、死へ追いこんだのだ。仲間意識の強い町奉行所の役人たちからみれば、左馬介は天敵に近い。

「なにかあれば会津藩の名前を出してくれてよい」

井深はしつこかった。

「……………」

左馬介は辟易《へきえき》していたが、さすがに会津藩の家老を突き放すわけにもいかず、困惑していた。

「諫山どの」

潜り門が開いて、田沼藩士が出てきた。

「ここに」

「殿がお召しでござる」

「た、ただちに」

まさに地獄で仏に会うというのはこのことばかりに、左馬介は井深から離れた。

「田沼さまに会われるのか。頼む、拙者のことをお耳に入れてくれ」

「おやめくださいますよう。でなければ、主に貴殿のお名前をお伝えすることになりましょうぞ。井深どの」

左馬介を迎えに来た田沼藩士が、井深を脅した。

「拙者の名前を……」

井深が絶句した。

「当家の門前でのできごとは、すべて把握するのも客あしらいを命じられている我らが仕事でござれば」

田沼藩士が周囲で聞き耳を立てている連中にも聞かせるように言った。

「………」

「本日は失礼しよう」

そそくさと野次馬になっていた連中が背を向けた。

「では、頼むぞ」

井深もあわてて離れていった。

「お手助けかたじけない」

「いえ、主が呼んでおりまする。それを邪魔されては困りますゆえ」

礼を述べた左馬介に家臣が手を振った。

居室の廊下に左馬介が膝を突いた。

「お呼びと伺いまして……」

「遅かったの」

田沼意次が手間がかかった理由を問うた。

「じつは……」

隠す理由もない。左馬介の父がもと会津藩士だったことを田沼意次には話してある。

左馬介は委細を語った。

「高橋という留守居役……吉原で懲らしめてやった者じゃな」

一度田沼意次は左馬介を利用しようとした高橋を脅している。用人を接待しようとした高橋のもとへ、田沼意次が直接出向き、冷たくあしらったのだ。

「どうやら、田沼さまのお灸《きゅう》が効きすぎたようで……高橋は留守居役を辞めさせられ、謹慎となったのでございますが、どうやらそれを不満として逐電いたしたようでございまする。その探索を手伝えと」

「……会津は御上を支える柱の一つであるというに……待て」

大きくため息を吐いた田沼意次が、途中で手をあげ、静かにと命じた。

「……井上《いのうえ》」

少しして田沼意次が用人の名前を出した。

「ただちに」

控えていた家臣が井上を呼びにいった。

「なにか」

すぐに井上が顔を出した。

「会津藩について、なにか噂《うわさ》があったの」

「……会津藩でございましたら、御蔵入領《おくらいり》のことではございませぬか」

少し考えて井上が答えた。

「南山《みなみやま》御蔵入領を拝領願いたいと執政衆に願い出ているという噂が」

田沼意次が思い出したとうなずいた。

御蔵入領とは、幕府直轄領のことである。その南山御蔵入領五万石分の管理を会津藩は任されていた。

言うまでもないが、御蔵入領の年貢は幕府へ納められる。しかし、会津藩だけはそのまま藩庫へ入れることが認められていた。

これは与えてしまうと会津藩の所領が二十八万石となり、当時の水戸家の禄高《ろくだか》に並ぶのを避けたためであった。なにせ会津藩主保科正之は秀忠の息子とわかっているが、公認されてはいない。あくまでも会津藩は親藩《しんぱん》ではなく、譜代大名の扱いになる。

「水戸家はすでに高直しを受け、今では三十五万石となっている。今更五万石を会津に加えても反対はでないと読んだか」

田沼意次が腕を組んだ。

「ご無礼ながら、その御蔵入領五万石は、実質会津さまのものなのでございましょう。それを今更名義を書き換える実利はどこに」

分銅屋仁左衛門が疑問を口にした。

「御蔵入領ではな、決められた年貢しか取れぬのだ。それも御上の定めた四公六民でしかな。それが自藩のものとなれば、軍役は発生するが、五公五民に変えるのも自在であるし、それ以外の賦役《ぶやく》や運上《うんじょう》などを新設できる。なにより御蔵入領のままでは、百姓や民たちが将軍家直属だと高い矜持《きょうじ》を誇り、会津藩の役人なんぞ相手にもせぬ。さらになにかあれば、御蔵入領の者は直接御上へ訴え出ることができる」

「越訴《おっそ》にならぬと」

田沼意次の説明に分銅屋仁左衛門が驚いた。

藩主を跳びこえて直接幕府へ圧政を訴えることを越訴といい、これをおこなった者は、まず死罪となるが、藩も無事ではすまなかった。

御蔵入領だと越訴にならず、民たちは死の危険に怯えることなく、行動を取れる。

「なにか支障でも」

「無理を押しつける気でございますか」

会津藩の代官がなにか命じても、反発する。

「入牢《じゅろう》を」

「庄屋どもに出頭を」

目に余る行為でも、それを咎めようとすると、

「江戸へ参りまする」

預かり領だと、それを止めることはできなかった。

「たまったものではございませぬなあ」

分銅屋仁左衛門もあきれた。

「留守居役をしていたのだろう、高橋は。御蔵入領下賜《かし》の願いを執政に働きかけていた張本人だろう。そやつに逃げられたとあれば、会津藩も真っ青になるはずだ。そして高橋が水戸家に隠れているならば……」

「………」

田沼意次の言葉の意味がわからず、分銅屋仁左衛門が怪訝な顔をした。

「執政を落とすには、金がかかろう。浅草一のいや、江戸を代表する両替商分銅屋がその金主《きんしゅ》だと高橋とやらが言えば……」

「それで水戸家のお方が、わたくしのところに」

やっと分銅屋仁左衛門が呑みこんだ。

「しかし、わたくしどもは、会津さまとお取引いたしておりませんが」

分銅屋仁左衛門が首をかしげた。

「高橋とやらの嫌がらせであろう。己の身を破滅に追いこんだ分銅屋と諫山への復讐《ふくしゅう》だと偽りを吹きこんだのだろう」

田沼意次が推測を述べた。

「要らぬまねを」

まずまちがいないと田沼意次の発言を認めた分銅屋仁左衛門が、眉間《みけん》に深いしわを刻んだ。

第二章　城中城下の景

一

八代将軍吉宗は倒れかけた幕府を立て直すため、自ら食事は一汁一菜《いちじゆういっさい》、衣服は木綿ものと倹約の模範を示した。

上が一汁一菜で我慢しているのに、己《おのれ》は三の膳《ぜん》付きという贅沢《ぜいたく》はできない。名のある料亭に作らせた三重の弁当や、雉《きじ》の山椒《さんしよう》焼き、鯛《たい》の酒浸しなど、珍味であふれていた弁当も、江戸城からは消え、皆五分《ごぶ》づきの玄米を握り飯にし、漬物を少し添えただけの質素なものを食していた。

さらに役高に合わせた加増を停止、役目にあるときだけ不足分を足す足高《たしだか》という制度を新設した。こうすることで役目が替わるたびに加増されていた本禄《ほんろく》の増加を防ぎ、幕政に余裕をもたらした。

こういった努力をした結果、吉宗は幕府の莫大《ばくだい》な借財を返し、そのうえで江戸と大坂の金蔵に百万両ずつという大金を備えるにいたった。

しかし、それも大御所となった吉宗が死ぬまでであった。

なにせ、跡を継いだ九代将軍家重が、幼少のころに患った熱病の影響でまともにしゃべれないのだ。

もちろん家重は父吉宗の遺訓を守り、派手なまねを控えてはいる。とはいえ、己の意思をしっかりと伝えられないもどかしさから、吉宗ほどの圧迫はかけていない。

「お身体《からだ》のためでございまする」

一汁一菜が奥医師の指導という名分をもって、一汁二菜になり、二汁三菜になっていた。

「お肌のためには、木綿ではなく絹を」

木綿ものの夜着などは取りあげられ、代わりに絹製のものが用意された。

それを否定しようにも、唯一家重の意思を汲《く》み取れる側用人《そばようにん》大岡出雲守忠光《おおおかいずものかみただみつ》は閨《ねや》まで入ってはこられない。

「上様も絹をお好みでございまする」

こうして吉宗の倹約は、あっという間に骨抜きになった。

家重の周りだけでもそうなのだ。幕政も緩《ゆる》くなっている。

「一日あたりの使用量を出し、それに実日数をかけよ」

城中で使う炭の使用量にまで改革の鉈《なた》を振るった吉宗の決まりは、執政《しっせい》たちへ質問をしようにもできない家重では維持できず、こちらも潰《つい》えた。

強固な堤防でも蟻《あり》の一穴《いっけつ》で崩れてしまう。

「ひゃがひひはにゃんのため……」

家重が吉宗の功績が消えていくことを嘆いた。

「上様、今少しのご辛抱を賜《たまわ》りたく」

呼び出され、家重の嘆きを聞いた田沼意次が、両手を突いて頭を垂れた。

「ひょの……」

「このままでは、父のなしたことは無意味になるとお嘆きでござる」

家重に代わって大岡忠光が通訳した。

「申しわけございませぬ」

田沼意次が額を床につけて詫《わ》びた。

「なっ、よっ、か」

「なにを申す、そなたのせいではないと」

大岡忠光が訳した。

「かたじけなき仰せ」

より田沼意次が平伏した。

「げ、げん……どう、じゃ」

「現状でございまするか」

さすがに田沼意次も聞き取れた。

「金をわたくしに渡せば思うようになるとわかり、かなり金の大事さが大名、旗本にも浸透して参ったかと存じまする」

「う、うむ」

「ただ大名も旗本も望む役職は同じでございまして、大名の出世の入り口となる寺社奉行、実入りの多い長崎奉行ばかり求めて参りまして、いささか困っておりまする」

実状を田沼意次が苦笑しながら語った。

「……ふむっ」

しばし家重がうなった。

「い、出雲」

「はっ。寺社奉行はおおむね四名、長崎奉行は四名、三名、二名と変化しておりまするが、今は二名となっておりまする」

さっと家重の意図を悟った大岡忠光がそれぞれの役職の定員を告げた。

「……ふや……」

「増やしてもよいとの仰せでございまする」

大岡忠光が田沼意次に述べた。

「ありがたき思《おぼ》し召しではございまするが、数が少ないからこそ奪い合うほどの価値がございまする」

田沼意次が首を横に振った。

「……な、なら、う、うわ……」

「噂《うわさ》を流せばどうじゃと」

「……定員が増えるという噂……なるほど」

家重の提案に田沼意次が感嘆した。

「ご賢案《けんあん》を賜り、かたじけのう存じまする」

田沼意次が深く頭を垂れた。

「………」

「も、もうせえ」

一瞬黙った田沼意次に、家重が気づいた。

「お言葉に甘えさせていただきまする。お手元に会津藩からの願いあるいは水戸家からの要望は参っておりましょうか」

「い、出雲」

家重が田沼意次の質問を大岡忠光へ流した。

「参っておりまする。会津藩からは南山御蔵入領《おくらいり》を拝領いたしたいというものと、江戸城の控えを溜の間《たまりま》から大廊下《おおろうか》へ移していただきたいと」

大岡忠光が言った。

「蔵入領だけでなく、座替えまでも……」

さすがの田沼意次も驚いていた。

大廊下は将軍家に近い親戚、御三家と越前《えちぜん》松平家、それと二代将軍秀忠の娘珠姫《たまひめ》が輿入《こしい》れして産んだ光高《みつたか》が家督を継いだことで前田《まえだ》家が格上げを受けて詰めている。つまりは、徳川本家が認めている直系大名の座であった。

「さらに水戸家からは、御手元金《おてもときん》を二万両拝領いたしたいと」

御手元金とは、幕府の金ではなく徳川将軍家の私財を指す。私財であるため、将軍が認めるだけで金は出た。

「……………」

家重があきれていた。

「さ、さが」

「はっ」

手を振った家重の行動に、田沼意次は応じて御休息の間を出た。

「……馬鹿しかおらぬ」

田沼意次がため息を吐《つ》いた。

柳橋《やなぎばし》芸者の加壽美《かすみ》こと女お庭番村垣伊勢《むらがきいせ》は、黒の小紋《こもん》の着物に、濃い紫の羽織を重ねて、柳橋の料理屋伊東屋《いとうや》を訪れていた。

「こんばんは」

暖簾《のれん》を割って顔を出した村垣伊勢を下足番が素早く見つけた。

「姐《ねえ》さん、お出《い》でなさいやし」

小腰をかがめた下足番が、村垣伊勢を歓迎した。

「仁助《じんすけ》さん、お願いしますね。はい」

素足に桐下駄《きりげた》というのも、羽織と並んで柳橋芸者の心意気である。

「どうもありがとうございます。たしかにお預かりいたしやす」

心付けの小粒を押しいただいた仁助と呼ばれた下足番が、村垣伊勢の下駄を手にした。

「いつもながら、汚れの一つもねえ。白の鼻緒は粋《いき》だが、汚れていちゃ興ざめになる。それが新品のようだ」

仁助が感心した。

下駄の鼻緒は、使う人によって多少の癖が出る。甲が高ければ鼻緒も伸びるし、体重が左右のどちらかに偏れば鼻緒も曲がる。新品にはその癖がない。使うたびに新品に替えれば汚れはしないが、それは金に飽かしてとなり、下卑《げび》ていると嫌われる。日ごろ使っているものをどれだけていねいに手入れしているかが、重要なのだ。

ましてや下駄の鼻緒となれば、まず下足番以外は見ることさえしない。見ても色とか柄を褒《ほ》めるだけで、手入れまで気を回さない。

いわばしてもしなくてもどうということのないところに、気を配る。

「いい女だねえ」

仁助がしみじみと言った。

下足番は料理屋でも下働き中の下働きだが、女中を除いて唯一客と触れあう者である。それこそ、江戸一の豪商とでも会話を交わす。

「どうだい。若い芸者でおもしろいのはいるかい」

「最近、置屋《おきや》の田村《たむら》の評判が悪いが知っているかい」

遊び慣れた粋人《すいじん》ほど、下足番を気にした。

「先月出たばかりの糸祢《いとね》というのが、なかなかいい声をしているようで」

「田村さんは、売れっ子の姐さんを使い潰《つぶ》してしまわれましたので、他の芸者たちもやる気をなくしてまして」

下足番ほど遊所の裏に詳しい者もいない。

「そうかい、糸祢ねえ。今度呼んでみるか」

「残念だねえ、田村は老舗《しにせ》だというのに。つきあいを切るしかないね」

旦那たちも下足番を大事にする。

「某《なにがし》屋の旦那が最近お見限りだな」

当たり前だが、下足番は最初に客を出迎える。

「病かな。顔色が悪い」

「羽織の背中がほつれている。それに気づかないとは、あまりいい奉公人を抱えていないね」

「心付けが小粒から十文銭になったか。商いが左前だろうな」

下足番はよく人を見ていた。

料理屋に着いた芸者は、まず内所《ないしょ》に顔を出すのが決まりであった。

「こんばんは。およびいただき、かたじけのう」

内所前の廊下に手を突いて村垣伊勢が挨拶《あいさつ》をした。

「加壽美さんかい。今日もよろしく頼むよ。白河屋《しらかわや》さんのご接待だからね。失礼のないように」

「お客さまは、どなたさまでござんしょ」

接待されるのは誰かと村垣伊勢が問うた。

「お勘定組頭《かんじょうくみがしら》茂木《もぎ》さまだよ」

「……お勘定組頭の茂木さまでござんすね。初めてのお客さまだと思いますけど。伺っておいたほうがよいことなどございますかえ」

客の接待は酒を注いで、踊りを見せ、歌うだけではない。話で座持ちをすることがもっとも大事であった。

当然、そこでは訊《き》いてはいけないことや、話題にしてはいけないことがある。たとえば、役目に就いている年数とか、子供のこととかはまずい。

「どのくらいお役目をお務めに」

「二十年をこえる」

「まあ、二十年も……」

感心していると取ってくれればいいが、

「出世できぬと愚弄《ぐろう》するか」

怒り出す者もいる。

子供のことも同じであった。民と違い武家は、跡継ぎの男子が必須なのだ。もし、子供がいない、いても女ばかりだとかすると、武士の機嫌は間違いなく悪くなる。

「さて、白河屋さまからは、なにも伺っていないよ」

「では、ないでよろしゅうございますね」

後でなにをしてくれたと怒られたときに、警告はなかったと言いわけできるようにとの念押しであった。

「お座敷は」

「奥の離れだよ」

「承《うけたまわ》りました。では」

一礼して、村垣伊勢は内所を去った。

芸者というのは、客に呼ばれるまで座敷に入ってはいけない。大事な話や密談が終わるまで、少し離れたところで待つ。

「おおい、入っておいで」

村垣伊勢が着いて、煙草《たばこ》を一服吸うほどの間で声がかかった。

「どうやら、うまくいったみたいだね」

座を仕切る年嵩《としかさ》の芸者が、安堵《あんど》の顔を見せた。

当たり前のことだが、話し合いがかならずうまくいくとはかぎらない。決裂とまでいかなくとも気まずい雰囲気になっているときなどは、座持ちが難しい。下手《へた》をすれば、芸者たちが緊張のあまりしくじって、それこそご破算にしてしまうときもあるのだ。

「でござんすね」

村垣伊勢もうなずいた。

「ありがとうございまする」

「お招きかたじけのう」

芸者と鳴り物担当が、それぞれに膝《ひざ》を突いてから座敷へ入った。

「よく来てくれたね。舞香《まいか》に加壽美。囃子方《はやしかた》もご苦労だね」

白河屋が笑みで芸者たちを迎えた。

「舞香はわたしに、加壽美はお客さまの隣へね。お客さまは御上《おかみ》お役人さまで、相当にお偉いお方だから、失礼のないように」

「あい」

「はい」

あからさまに安堵の表情となった舞香に、村垣伊勢はちらとさげすみの目をやり、うなずいた。

「こちらに付かせていただいてもよろしゅうございますか」

村垣伊勢は茂木の右側で膝を突いて許しを求めた。

武士は左に刀を置く。その都合上、右側は攻撃しやすいが、左側は難しい。これは客が武士であるときの決まりごとであった。

「かまわぬ」

茂木が鷹揚《おうよう》にうなずきながらも、村垣伊勢の顔から目を離さなかった。

「そなた名は」

「加壽美と申しまする。畏《おそ》れ入りまするが、お客さまのことは、どのようにお呼びいたせば……」

問われて答えた村垣伊勢が、尋ねた。

「茂木と」

「かたじけのうございまする。では、茂木さまと」

名乗った茂木に、村垣伊勢が深々と一礼した。

二

武家の遊びは昼間と言われている。門限に遅れれば、欠け落ち扱いとなり、改易を含めた重罪を科されるからだ。

ただし、それが通じない役目があった。

まず接待する側にもなる留守居役であった。留守居役の相手は武家だけではなく、商家や寺社も招いた。商家は一日の商売を終えてからでなければ、落ち着いて飲み食いもできず、寺社の神官僧侶は他人目《ひとめ》の多い日中を目立つとして嫌う。

そのため留守居役は門限の対象から外されていた。

そしてもう一つが、勘定方であった。

幕府はもちろん、どこの大名家の勘定方も多忙を極める。とくに他役との折衝や、商品の納入などは、日中でなければならず、日のある間はそれこそ厠《かわや》へ行く暇も、茶を喫する余裕もない。

その勘定方を接待するとなれば、どうしても夜になる。

言うまでもないが、勘定方には門限がある。だが、すべての役人の死命を握っているにひとしい勘定方を敵に回す馬鹿はいない。

「そうか、目付は勘定方を咎《とが》めるか」

幕府の監察を一手に担い、御三家でさえ気を遣うという目付でも、勘定方には弱い。

「どこどこへ監察のため出向くゆえ、旅費をお願いしたい」

「承知いたした。細目を書面として提出されよ」

目付は遠国《おんごく》へ出向くこともある。幕府役人のなかで余得がまったくない目付は、決して裕福ではない。旅費を立て替えることは難しい。なにせ、己一人ではなく、随行の徒目付《かち》、小人目付《こびと》、中間《ちゅうげん》、小者《こもの》と十名以上になる。

「これでよろしかろうか」

「……これではいけませぬな。ここところの細目がはっきりいたしておりませぬ」

目付の出した書類にけちを付け、延々と提出しなおしをさせる。

「…………」

これに目付は文句が付けられなかった。なにせ、目付は規範なのだ。勘定方に出した書面が不十分であるかぎり、金を出せとは口が裂けても言えない。

役人が扱う書面は、いくらでも不備を指摘できる。

「これで」

勘定方が認めるころには、旅立ちの期日はとっくに来ているともなりかねない。

「まったく」

座敷を終えた村垣伊勢は不機嫌であった。

もちろん白河屋から十二分な心付けはもらっている。

「柳橋芸者は、枕《まくら》を売らないと知っていながら……」

村垣伊勢が着物の合わせ目を強くはたいた。

「手を入れてこようとするなど、まこと武士の風上にもおけぬ。しかも不惑《ふわく》をとうにすぎているというのにだ。女の乳《ちち》をいじくる暇があれば、帳面でも読まねばなるまいが。それでこそ勘定組頭じゃ」

勘定組頭は役高三百五十俵で身分は目見え以下になる。

御家人《ごけにん》のなかでとくに算勘《さんかん》に優れた者が、長年勘定方を経て上がれる極官《ごっかん》と言える。定員は十二名から十四名だが、ときに応じての増減があった。また、勘定組頭のなかでもとくに功績のあった者は目見え格に昇進した後、遠国奉行へと転じていけた。

また、非常にまれではあるが、勘定奉行としてふたたび勘定所へ戻って来る者もいた。

まさに幕府の財政を担う重責にふさわしい優秀な人材のはずであった。

「褌《ふんどし》の下は別人ともいうが、いささか羽目を外しすぎだ。この後別室に供をしろだと。白河屋も金でどうにかなると思いすぎぞ」

まだ村垣伊勢の怒りは治まらなかった。

「長屋に帰って……諫山をからかいでもせねば……」

言いかけて村垣伊勢が口を閉じた。

「……最近、長屋へ戻ってこぬ」

深く眉間《みけん》にしわを村垣伊勢が刻んだ。

「なにをしているのかは、およそわかっているが……今度見つけたならば、すべてを吐かせてくれる」

村垣伊勢の足取りが速くなった。

博打場《ばくちば》というのは、馴染《なじ》むまで他人の家のようなものであった。

「今日はここまでだなあ」

左馬介が手元の木札を失って、ため息を吐《つ》いた。

「目が出やせんでしたね」

盆を預かっている無頼《ぶらい》が慰めるように声をかけた。

「しかたない。悪いが今日は空《から》っ穴《けつ》だ。茶代は勘弁してくれ」

心付けは出せないと左馬介が手を振った。

「けっこうでやすよ。もし、よろしければ、板場でお腰のものを形《かた》に融通もいたしておりやすので」

「残念だが、とっくに中身は湯屋《ゆや》の篦《へら》に変わっている」

借金もできるぞと言った無頼へ、左馬介が竹光《たけみつ》だと応じた。

「どれ、茶と握り飯でも馳走《ちそう》になって帰るとしよう」

左馬介が席を空けた。

「お一方《ひとかた》空きやした。嵯峨富《さがとみ》の旦那、どうぞ」

すぐに盆を預かる無頼が次の獲物を選んだ。

「よう」

酒や握り飯などを置いた休憩場所では、甚の字と呼ばれている無頼が座っていた。

「やあ」

左馬介も応じて座った。

「ついてなかったようだな」

甚の字が笑った。

「今日は神にも仏にも見放されたわ」

苦笑いをしながら、左馬介が握り飯に手を伸ばした。

「呑《の》まねえのか」

「これから仕事よ。呑むのはまずかろう」

訊いた甚の字に左馬介が、握り飯を喰《く》いながら答えた。

「用心棒だったか」

「そうじゃ」

「どこの店だ」

「浅草の両替屋分銅屋よ」

指に残った飯粒を舐《な》めながら、左馬介が告げた。

「分銅屋……といえば、浅草一の蔵持ちじゃねえか」

「浅草一かどうかは知らんぞ。蔵の中まで用心棒は見ないからな」

二つ目の握り飯を口に運びながら、左馬介が首を横に振った。

「それもそうだな」

甚の字が納得した。

「しかし、河内場の姿を見ないの」

「そういえば見ぬな。あの博打好きが賭場に来ないなど、死んでも賽子《さいころ》の目が気になって成仏できないという奴《やつ》が」

左馬介の話に、甚の字がのった。

「おい、代貸《だいが》しさんよお。河内場さんはどうしているか知ってるかい」

甚の字が問うた。

「河内場さん……そういえば、一月《ひとつき》が上見てやせん」

代貸しも首をかしげた。

「出入り禁止になったというわけじゃねえんだな」

「……借財もないし、なにかあったとは聞いてやせん」

ちらと帳面を見た代貸しが首を左右に振った。

「そうか、久しぶりなので顔を見たかったのだがなあ」

残念そうに言って、左馬介が席を立った。

「馳走であった」

「またお出でなせえ」

声をかけた左馬介に、代貸しが笑いかけた。

「どれ、おいらも出るか」

左馬介に合わせて甚の字が腰をあげた。

大名の下屋敷など、出世の見こみのない藩士の捨てどころである。

一応用人以下、門番足軽《あしがる》までいるのだが、左馬介は一人として藩士の姿を見たことはなかった。

「無人のようだな」

屋敷を出た左馬介が口にした。

「博打場に屋敷を貸しているというだけで、わかるだろう。用人以下全部、金で口を封じられている。だからといって、無頼に金で飼われているのを見るのは辛《つら》いのだろう。博打場が開いている限り、顔を出さない」

甚の字が口の端を吊《つ》り上げながら述べた。

「なるほどなあ。浪人の拙者《せつしや》でも金には嫌な思いをする。それがお歴々の武士だとすれば、たまったものではなかろう。だが、逆恨みで上屋敷へ訴え出たりはしないのか」

「せぬ。したら用人以下門番にいたるまで咎められる。それこそ、藩としては人減らしの好機だとばかりに、皆を追放する。それがわかっているから、絶対に売りはしねえさ」

「そういうものか。武士の矜持《きようじ》も弱いものだ」

「金ほど強いものはねえさ。だからこそ、一攫千金《いつかくせんきん》を夢見て博打に身を落とす連中があとを絶たないのさ」

甚の字が述べた。

「で、甚の字どのはどこへいかれるのだ」

「なあに、おめえさんと同じでな、最近流れが悪いのでな。ちと浅草の観音さまにでもお祓《はら》いをしてもらおうかと」

いつまで付いてくる気だと尋ねた左馬介に、甚の字が平然と答えた。

「神頼みかあ。たしかに賽《さい》の出目は人智でどうにかなるものではなかろう。しかし、勝負事なら浅草の観音さまより、神田《かんだ》の明神さまがいいのではないかの」

左馬介がさりげなく促した。

「わかっちゃいるが、神田は遠い」

「いいのか、神さまを遠いというだけで避けて」

「観音さまでも、しねえよりましだろう」

首をかしげた左馬介に、甚の字が手を振った。

「では、ここでな」

浅草寺の門前で、甚の字が分かれていった。

「………」

左馬介がその背中を見送った。

「あたりを付けたな」

甚の字の背中から目を離し、分銅屋へ向けて歩き出しながら、左馬介が呟《つぶや》いた。

「………」

しばらくして浅草寺へ参拝に向かったはずの甚の字が、左馬介の後を付け始めた。

「気づかれたか……まあ、仲間にするか、どこぞで殺すかしてしまえばいいが……ちょっと分銅屋のなかのことを教えてもらわないとな」

甚の字が独りごちた。

「……気づいてないか」

まったく後を気にしない左馬介に、甚の字が安堵《あんど》の息を吐いた。

「あれだな」

左馬介が分銅屋のなかへ入っていくのを見た甚の字が身を潜めた。

「……数え切れねえぞ」

甚の字が一人で蔵の数を読もうとしてあきらめた。

「こいつはどれだけ身代《しんだい》があるかわからねえな。一人じゃとても襲えやしねえ。こりゃあ、仲間と語らわなきゃ無理だ」

身を潜めていたのを忘れて、辻《つじ》へ出た甚の字が感心していた。

「…………」

その甚の字を分銅屋のなかから番頭が見ていた。

「いましたね、諫山さま」

暖簾をくぐって入ってきた左馬介に、番頭はこういった風体《ふうてい》の輩《やから》がいないかどうかの確認を求められていたのだ。

「やはりか。申しわけない。連れてきたようだ」

左馬介が詫びた。

「いいえ。どうせ、旦那さまのお指図で動いておられるのでしょう。しかたございません」

番頭が気にするなと手を振った。

「しかし盗賊か強請集《ゆすりたか》りを……」

「両替商なんぞにご奉公させていただいておりましたら、金のごたごたとは縁が切れませんので」

番頭がもう一度手を振った。

「すまぬ。では、気をつけていてくれ」

「承知いたしました」

念を押した左馬介に、番頭がうなずいた。

そのまま左馬介は今日の報告に分銅屋仁左衛門のもとへ行こうとしたところで、女中の喜代に捕まった。

「諫山さま」

「おう、喜代どの」

廊下で立ち塞《ふさ》がるようにした喜代に、左馬介は驚いた。

「…………」

喜代が左馬介に顔を近づけて、ゆがめた。

「なんと煙草臭いことでございましょう。お吸いになられたのでございますか」

「い、いや、煙草は合わぬ」

咎めるような喜代に、左馬介があわてて首を横に振った。

浪人で煙草を吸うような余裕を持つ者は少ない。煙草は贅沢なのだ。

「お脱ぎください」

喜代が左馬介に命じた。

「えっ」

「洗い張りをしますので、着物をお預かりいたします」

「か、替えがないのだが……」

浪人は単衣《ひとえ》と綿入れが一枚ずつあればいい。いや、単衣さえあればどうにかなる。

「ご安心を。旦那さまのご手配で、古着を用意してございますので」

喜代が言った。

「替え……そのようなものを用意いただけたのか」

「しばらく諫山さまは、わたしの頼みでお長屋へ帰られないので、着替えと新しい晒《さら》しを用意しておくようにと」

目を見張った左馬介に、喜代が述べた。

「そうか。ありがたいことだ」

左馬介が頭を垂れた。

「では、さっさとお脱ぎくださいな」

「なにか、言う立場が違わんか」

手を出した喜代に、左馬介がため息を吐いた。

三

目付というのは罷免《ひめん》されないものであった。

もちろん、目付でも咎めを受ける者はいる。

知り合いの罪を見逃しただとか、金で罪をもみ消しただとか、あるいは無能でまったく役に立たないとか、理由はいろいろだが、罷免というのは避けられた。

「目付が咎められた」

これは目付という監察の役目の名誉を守るため、もしなにかしらの疑義が生まれたとき、表沙汰《おもてざた》になる前に、辞任させるからであった。

「少しよいか」

目付部屋にいた坂田《さかた》時貞《ときさだ》のもとへ、当番目付をはじめとするすべての目付が集まって来た。

「なんだ」

「芳賀《はが》御酒介《みきのすけ》はどこにおる」

不穏な雰囲気を感じた坂田の問いを無視して、当番目付が訊いた。

目付は役目上、身分、先任後任などでの上下を作らない。当番目付も組頭とかいう意味ではなく、老中やその他の役職から目付あてへもたらされる指示や問い合わせに応じるため、調査探索に出ることなく、部屋で留守番を務めるだけのものでしかなかった。

それでも目付になにかあったときは、その場を仕切る慣習であった。

「よくは知らぬ。なにか調べものがあるといって、出ていった」

「上か。見てこよう」

坂田の応えに、若い目付が二階への階段を上がっていった。

目付部屋の上には、過去の事件や幕臣、大名の身上書、町奉行所から出される城下報告書などが保管されていた。そこで目付はいろいろな作業をしたり、徒目付《かち》たちに指示を出したりした。

「……おらぬ」

すぐに若い目付が戻っていた。

「城中とあれば、探しようがないな」

しかたないと当番目付が首を横に振った。

「芳賀には今度伝えるとしよう。今は、坂田、おぬしのことだ」

「拙者がどうした」

当番目付に言われた坂田が身構えた。

「坂田、辞任せい」

「……なぜじゃ」

厳しい言葉にも、坂田は慌てなかった。

「言わせる気か」

当番目付が坂田を見つめた。

「そなたと芳賀がなにをしていたかは知らぬ。というより聞かぬ」

これも慣例であった。目付は目付のしていることを知らない。そうすることで、少しでも話が外に漏れないようにするためであった。

「ならば、なぜだ」

もう一度辞任しなければならないわけを坂田が問うた。

「上様に無理を願ったそうじゃの」

「…………」

当番目付に指摘された坂田が黙った。

「……それがなぜ問題になる」目付は上様に直接お目通りを願うことが許されている」

少しして坂田が反論した。

目付はその役目上、上司である老中や若年寄を告発することもあった。ただ、それでは上からの圧力でなかったことにさせられるときもある。それを防ぐため、目付は将軍と直接二人きりで会うことが認められていた。

「そなた、上様と二人きり、大岡出雲守さまも排しての目通りを願った。そうだな」

「それがどうした。不思議ではあるまい。今までずっとそうだったのだ。上様だけが違うと……」

「黙れ、坂田。それ以上はならぬ」

「いいや、黙らぬ。わけのわからぬことで目付を辞めさせられるわけにはいかぬ」

坂田が拒否した。

言うまでもないが、目付は大名、旗本の非違《ひい》監察をする。それだけに清廉潔白が求められた。その目付を辞めた。年齢や病であれば、問題はないが、それ以外の理由は認められない。

「なにをしでかした」

「偉そうな態度をとっておきながら……」

日ごろの恐怖が、そこへ向かって解放されるのは、一目瞭然《いちもくりようぜん》であった。

「今後のおつきあいはご遠慮願おう」

「当家まで変な目で見られるのでな。娘御はお返しする」

親戚づきあい、友人づきあいを切られるのはもちろん、目付の家から嫁に来た女は離縁される。

目付はなんとしてでも辞任を避けなければならなかった。

「上様と直接お話をせねばならぬことがあった。ただ、それだけのこと」

「どうやって上様のご意思を確認するつもりであった」

当番目付がさらに問うた。

「もちろん、上様は我ら目付の公明正大さをご存じでございまする」

「ようは、上様のご意思を確かめることなく、肯定したということだな」

「……目付は公明正大」

睨《にら》みつける当番目付に、坂田が繰り返した。

「上様をないがしろにするか。御一同、お聞きになったな」

「たしかに」

「耳を疑ったがな」

当番目付の確認に、その場に集まっていた目付たちが首肯《しゅこう》した。

「では、決を採る」

坂田から背を向けて当番目付が宣した。

目付はその人員の増減にかんして、入《い》れ札《ふだ》というやり方をした。こうすることで、縁故や引きで無理矢理無能な者を押しつけられることを防ぐのだ。

「採るまでもなかろう。反対の者は挙手せよでよかろう」

年嵩《としかさ》の目付が当番目付に言った。

「そうだな。では、坂田と芳賀の目付辞任勧告に、反対する者は……おらぬな」

当番目付の問いに、目付たちは沈黙をもって応えた。

「決まりだな。ということだ、坂田」

「認められぬ」

結果を告げた当番目付に、坂田が抗《あらが》った。

「辞任までの猶予は明日より十日。当番目付あてに辞任願いを出せ」

用件は終わったと当番目付が、坂田から離れようとした。

「拙者はなにも疚《やま》しいことはしておらぬ。従う理由はない」

坂田が拒否した。

「……そうか。残念だ」

それ以上言わず、当番目付が目付部屋の上座へと戻った。

「徒目付、小人目付、黒鍬《くろくわ》に通知を出す。坂田と芳賀の指示に従うなと」

「承知いたした。では、徒目付に通知し、そこから小人目付らへ伝えさせましょう」

若い目付が腰をあげた。

「待て」

坂田が声を荒らげた。

「抗弁をするぞ。きさまら全員を訴追《そつい》する」

「どうやら出世したいようだな」

「なんだっ。出世は誰でもしたいだろう」

当番目付の言葉に、坂田が戸惑った。

「目付を辞めさせる方法はいくつもある。おとなしく辞任しておれば、我らはそなたのことを忘れたが……どれ、ちとご老中さまにお願いをしてくるとしようか」

面倒だとぼやきながら、当番目付が立ちあがった。

「ご老中でも、目付の罷免は……」

言いかけた坂田が気づいた。

「まさか、転任させるつもりか」

坂田が顔色を変えた。

目付で手柄を立てて、遠国奉行として栄転していく者はいる。これは問題ない。目付での活躍を新しい任地でも期待されているだけだからだ。多少期待が重くとも、これをこなせば旗本として極官となる町奉行や勘定奉行への道が開く。

逆に、辞めろと言われても辞めない目付の転任は、懲罰になる。あってもなくても困らない役職へ移し、その後無理矢理調べあげた些細《ささい》な失敗や悪事をあげつらい、目付によって糾弾《きゅうだん》するのだ。

「閉門のうえ家禄《かろく》を半減する」

このていどではすまない。目付という名誉に傷を付けての転任である。

「切腹改易を命じる」

ほとんどがこうなる。

こうすることで、復権を防ぎ、ときの目付であった者たちへの復讐《ふくしゅう》をさせないのだ。

「……わかった」

坂田が首をうなだれた。

「最初からそう言えばよかったのだ」

当番目付が若い目付に合図した。

「…………」

黙ってうなずいた若い目付が、徒目付への報《しら》せをやめた。

「下城する。十日後までに病気療養による辞任の届を出す」

坂田が当番目付のもとへ出向き、告げた。

「うむ。病、大事にいたせ」

当番目付が首を縦に振った。

「…………」

力なく背を向けた坂田に、当番目付が声をかけた。

「目付といえども、手を出してはならぬ相手がいる。それを心得ていなかったのだ、そなたはな」

「目付は正義ではないのか」

「言うまでもない。目付は正義である。ただし、上様にかかわらぬかぎりにおいてという枠があるだけだ」

問いかけた坂田に当番目付が答えた。

「どうせそなたも手柄を立てようと思ったのだろう。そなたが手柄を立てることが正義ではない。正義に手柄が付いてくるのよ」

当番目付が手を振った。

悄然《しょうぜん》とした坂田は、そのまま下城せず、目付部屋から離れた。

「お坊主」

坂田は目付たちに見つからないところまで離れ、お城坊主を探した。

「……これはお目付さま」

お城坊主が坂田が身に着けている黒麻紋付に気づいた。

目付は城中でもすぐにその役職がわかるように、麻でできた黒紋付を冬でも身に着けていた。歩くときに麻がこすれ、独特の音を出すことで目付が来ると周囲に報せる効果もあった。

「同役の芳賀を探してきてくれ」

まだ辞職届は出していない。それまでは、坂田も目付としての権を振るえた。

「芳賀さまでございますか。しばしお待ちを」

心付けをもらわないと動かないお城坊主も、目付の指示だけは聞く。下手な嫌がらせをして、咎められたら割りが合わないからだ。さっさと目付の言うことを聞いて、解放されるのが賢い対応だと、お城坊主たちはあきらめていた。

静謐《せいひつ》を保たなければならない城中で走ることは禁じられている。ただ、目付とお城坊主はその役責上、小走りは許されていた。

目付には城中巡回という仕事がある。礼儀礼法にかんしては、高家《こうけ》が担当するとあるが、吉良上野介義央《きらこうずけのすけよしなか》が播磨赤穂《はりまあこう》城主浅野内匠頭長矩《あさのたくみのかみながのり》から刃傷《にんじょう》を受けた一件以来、高家は芙蓉《ふよう》の間《ま》に閉じこもって出てこなくなった。結果、それも目付の範疇《はんちゅう》に組みこまれ、大名や旗本の歩きかた、座りかたなども注意するようになった。

「…………」

「これはっ」

考えごとをしながら城中を歩いていた役人たちが、たたずむ坂田に気づいて、さりげなく方向を変えたり、驚いて一礼して急ぎ目の前を通り過ぎていった。

「……まだか」

お城坊主が探しにいってからさほど経《た》っていないにもかかわらず、坂田が苛《いら》ついた。

「遅いっ」

坂田がその場で足踏みを始めた。

「……お目付さま」

やっとお城坊主が戻ってきた。

「まもなく、お出でになりまする。では、わたくしはこれで」

「うむ。ご苦労であった」

金にならない用事はもう勘弁だと、お城坊主がそそくさと離れていった。坂田の労《ねぎら》いも聞こうとはしなかった。

「坂田、どうした」

徒目付を引き連れて城中巡回をしていた芳賀が、坂田に近づいてきた。

「芳賀……」

「……一同、ここでよい。解散とする」

顔色のない坂田に芳賀が異常を感じ、徒目付を追い払った。

「はっ」

徒目付は目付の指示に従うのも役目である。なにも訊かず、背を向けた。

「終わりだ」

坂田がうなだれた。

「なにを言っている。最初から話せ。わけがわからんぞ」

芳賀が坂田に落ち着けと言った。

「ばれた……田沼主殿頭《とのものかみ》への手出しが」

「それがどうした。別段、目付が誰を調べようとも問題にはならないはずだ」

坂田の言葉に芳賀が首をかしげた。

「直接の理由は違う。だが、根本はそこだ」

伏せていた顔を坂田があげた。

「話せ、全部を」

もう一度芳賀が要求した。

「……ということだ」

「上様のご意思を謀《たばか》ろうとしたか……」

坂田の語りを聞いた芳賀が苦い顔をした。

たしかに芳賀たちは、寵臣《ちょうしん》として力を付けていた田沼意次を幕政から排除するために《い》は、将軍家重の権威が要ると考え、家重の意思を汲める大岡忠光を引き離そうとした。

なにを言っているかわからなければ、聞いたほうの捉《とら》えかた次第だと裏の手を使おうとした。

しかし、それは田沼意次によって防がれ、家重から大岡忠光の同席なくば、たとえ目付といえども会わぬと却下された。

「無念なり」

策を防がれた芳賀たちは悔しがったが、それはそれでしかたないと忘れてしまっていた。

それが今、返す刀となって二人を斬りつけた。

「十日か」

「ああ。それ以上だと栄転することになる」

確認した芳賀に、坂田が逃げ道はないと首を横に振った。

「……栄転したのち懲罰、切腹改易か」

切腹に改易は付随する。改易は、家禄、屋敷、私財のすべてを取りあげることだ。お慈悲として、着替え一組、数日生きられるていどの金が遺族に渡される。だが、そのようなもの、なんの足しにもならない。

　妻の実家がしっかりしていれば、生きてはいけるだろう。だが、子供たちの未来はなくなる。

「あの者の血を引くのであろう」

　目付から栄転した途端の没落、これがなにを意味するかなど、大名や旗本でわからない者などいない。つまりは、将軍から切り捨てられた家、そこの子孫を養子や嫁に迎えたい家はなかった。

「十日の間に田沼意次に匹敵するお方を味方に」

「……そうか」

　まだあきらめない芳賀に、坂田が力ない返事をした。

「坂田……」

「好きにやってくれ。もう、拙者は無理だ」

「なに弱気なことを言う。まだ、ひっくり返すことはできる」

　あきらめ顔の坂田を芳賀が揺すった。

「おぬしは経験しておらぬからわからぬのだ。八人の目付に囲まれ、糾弾されるのがどれだけ辛いか……」

「うっ」

不意に老けこんだように見えた坂田に、芳賀が息を呑んだ。

「もう、拙者を巻きこまんでくれ。では、達者でな」

背筋を張って廊下を颯爽《さっそう》と歩く姿が目付の誇りでもあった。その誇りさえ失い、肩を落とし、頭を垂れて坂田がとぼとぼと去っていった。

「……坂田」

その背が消えるまで、芳賀はずっと見送った。

「このままで終わらせてたまるものか」

芳賀が吠《ほ》えた。

四

水戸藩留守居役但馬久佐は、太郎兵衛を連れて分銅屋へ向かっていた。

「先触れなしでよろしいのでございましょうか」

先日塩を撒《ま》かれなかっただけましという対応を受けたのだ。それも先触れをしておきながらである。その分銅屋へいきなり訪れるのは、いかがなものかと太郎兵衛が懸《け》念《ねん》を表した。

「かまわぬ」

但馬久佐が手を振った。

「おらぬこともございましょう」

大店《おおだな》の主《あるじ》だからといって、いつも店にいるとは限らない。商談や同業者の会合などで他行《たぎょう》もする。報せなしだと留守していることもあった。

「帰って参るのだろう」

「それはそうでございましょうが……」

平然としている但馬久佐に太郎兵衛が戸惑った。

「気にするな。これも駆け引きよ。たとえ勝手に来たとしても、武士を待たせたとあれば、商人ならば萎縮《いしゅく》する。その萎縮につけこむ」

「そうなのでございますか」

但馬久佐の言葉に、太郎兵衛が首をかしげた。

「そなたは気にせずともよい。ただ、儂《わし》の言う通りにだけしておればよいのだ。心配するな。そのために今日は、ご拝領の羽織を着てきたのだからな」

身に着けている羽織へ但馬久佐が目を向けた。

「御紋付の羽織をな」

但馬久佐が嗤《わら》った。


連日の博打通いを、左馬介は一日容赦してもらった。

「一度長屋に帰りたい」

長屋にもう五日は帰っていない。敷きっぱなしの夜具も干さなければ、黴《かび》が生える。水瓶《みずがめ》の水を入れ替えなければ、腐って処分が面倒になる。風通しもしたい。

仮住まいには違いないが、やはり長屋には愛着がある。なにより、分銅屋での寝泊まりは、上げ膳下げ膳のうえ、洗濯から夜具の交換までしてもらえて極楽なのだが、いつも誰かの目を気にしなければならないという圧迫がある。

たまには他人目《ひとめ》を気にしない長屋で大の字に寝転がりたいと左馬介は切実に思っていた。

「かまいませんよ。根を詰めて疲れては困りますからね」

あっさりと分銅屋仁左衛門の許可が出た。

「夕方には戻る」

左馬介はいつものように店の周りを巡回し、異状の有無を確認してから長屋へ向かった。

「……なにか足りなかったのでしょうか」

喜代が呟《つぶや》いた。

「男というのはね。どれだけ居心地がよかろうとも、息抜きのために一人になりたいときがあるんだよ。それを認めてやるのは、女の器量さね」

分銅屋仁左衛門が喜代を慰めた。

長屋までは近い。左馬介は長屋の戸障子を開けたままで、座敷に転がった。

「少し黴臭いか……まあ、一刻（約二時間）ほど開けておけば消えるだろう」

一人暮らしの長い者たちが誰もが持つ独り言の癖を左馬介も出していた。

「さて、まずは水を替えるか」

台所に置かれている水瓶は一荷《いっかい》入りと呼ばれる小ぶりのものである。一荷とは、商人が背中に担いで廻《まわ》る荷、一つぶんの大きさに等しいとされ、およそ十升《しょう》ぶんの水が入った。

「……とわっ」

立ちあがりかけた左馬介の見ている前で、開かれていたはずの戸障子が勝手に閉まった。

「加壽美どのか」

こういうわけのわからないことをする心当たりは一人しかいない。左馬介が天井を見上げた。

「呪いとか化けものの仕業とか思わぬのか」

寝ているわけにもいかないと起きあがりかけた左馬介の背中が、蹴飛《けと》ばされた。

「おわっ」

腰が浮きかけていたため、中途半端な体勢だったことが影響し、左馬介は蛙《かえる》のように潰《つぶ》れた。

「腕はあがっておらぬな」

すばやく背中に乗った村垣伊勢が笑った。

「背中に目を付ける修業なんぞしとらんわ」

心地よい感触を背中に与えられた左馬介が、わざと大きな声で反論した。

「ふん」

鼻で笑った村垣伊勢が、問うた。

「最近見なかったが、どうしていた」

「博打場へ行っていた」

隠したところで言うまで背中からどいてくれない。左馬介は素直に話した。

「博打……賭場《とば》通いをするようになったとは、まことに屑《くず》だな」

村垣伊勢があきれた。

「いや、分銅屋どのの指示でな、人探しをするためだ」

「人探し……賭場でか」

不思議そうな顔を村垣伊勢がした。

「知っているだろう、鐚銭《びたせん》のことを」

「田沼主殿頭さまより、伺っている」

村垣伊勢を含める四人のお庭番は、田沼意次に付けられ、吉宗の遺言を果たす手伝いをしている。当然、すべてを教えられてはいないが、あるていどは知らされていた。

「その鐚銭の出所を知るのに、あのあたりが一番適していると、分銅屋どのがな」

「……ふむ。風滞るところに、悪《あ》しきものは集まるか。さすがだな」

村垣伊勢が感心した。

「わかったならば、どいてくれ」

敷きもの状態の左馬介が頼んだ。

「どいて欲しいのか」

わざと村垣伊勢が尻《しり》を動かした。

「……重っ」

「重いなどと言うてみろ。二度と口の利けぬ身体にしてくれる」

「やけに機嫌が……悪くないか」

「気づくか。そうだな、吾《われ》がその愚痴を言う間耐えたら、どいてくれる」

「なにがあったのだ」

左馬介が促した。

「座敷でな……」

村垣伊勢が不満をぶちまけた。

「きつく帯を締めておったので、指を入れられもしなかったが……いい歳をしておきながら、勘定組頭ともあろう者が」

「……一つ訊いてもいいか」

文句を最後まで聞いた左馬介が、蛙のまま問うた。

「なんだ」

村垣伊勢もそのままの姿勢で応じた。

「その白河屋とかいうのは、何者なんだ」

「白河屋はその名の通り、奥州白河《しらかわ》の出でな。江戸で大名人足《だいみようにんそく》を斡旋《あっせん》する口入《くちい》れ屋を営んでおる」

問われた村垣伊勢が答えた。

大名人足とは、期限をきって大名や旗本に雇われる人足のことだ。日ごろから譜代《ふだい》として人足を抱えていては、扶持米《ふちまい》や食費などがかかってしまうため、登城行列や参勤交代など入り用のときにだけ、口入れ屋から借り受ける。こうすることで経費の節約をおこなうのだが、わずかながらいる譜代の人足に比べれば、忠誠心などないし、質も悪い。

「……大名人足か」

少し前まで日雇いで人足仕事をしていたのだ。大名人足がなにかくらいは知っていた。

「ということは、白河屋もまともじゃないな」

大名人足は雇われている間だけ、その家中《かちゅう》の者扱いを受ける。それをいいことに、強請集《ゆすりたか》りをした。

「店の前に置いていた桶《おけ》に蹴躓《けつまず》いたじゃねえかあ。危うく家宝のお道具を落とすところだったぜ」

「おいおい、大名行列が来るとわかっていて、家の前を掃除してねえとはなんだ。見ろ、草鞋《わらじ》に犬の糞《くそ》が付いたじゃねえか」

なんでもいいから難癖を付けて、金を出すまでいたぶる。

「おまえらなんぞに渡す金などねえ」

最後まで頑張ると、

「何々家に逆らうとはいい度胸だ。みんな、やっちまえ」

無礼者、無礼者と騒いで店や家を壊す。

「借りていく。今宵《こよい》の手伝いがすんだら返す」

運悪く目を付けられた女は連れ去られる。殺されはしないが、これ以上ないという目に遭わされる。

「お奉行さま、お代官さま」

と訴え出ても、大名にかかわることはどちらも管轄外だと逃げられるだけで、評定所《ひょうじょうしょ》へ持ちこんだところで、

「当家にそのような者はおらぬ。それでもと申すならば、人探しをいたせ。おらば、

厳重に処分しよう」

日雇いのようなものだけに、簡単に切り捨てられる。

大名人足に碌《ろく》な者はいないし、その取りまとめをしている白河屋がまともであるはずもなかった。

「その白河屋と会っていた勘定組頭さまであったかは、えらいのか」

役人のことなんぞ、老中と町奉行くらいしか知らない。ようやく田沼意次とのつきあいでお側御用取次《そばごようとりつぎ》とか側用人とかがあるとわかったくらいの左馬介には、勘定組頭がどれほどのものか、理解できていなかった。

「勘定奉行のすぐ下だ。勘定方の実務を取り仕切っている。いわば、勘定方一の実力者といえる」

「金を握っているのか。それはすごいな。そうなれば、なぜ白河屋と会っていたのだ。大名人足を扱う口入れ屋と勘定組頭では、かかわりがなかろう」

「たしかにな」

「商人は無駄金、死に金を嫌がる。白河屋が勘定組頭さまをわざわざ接待したということは、なにか目的があるんだろうな。金儲《かねもう》けに繋《つな》がる」

「なにかを企《たくら》んでいる」

呟くように言った村垣伊勢の唇が吊り上がった。

「よほどそれが欲しいのだろうな。あの心付けの額がとてつもなかったのは、吾に引導を渡したかったのか」

村垣伊勢が呪うような声を出した。

「………」

女が怒っているときに口出しをしてはならない。鉄扇術《てっせん》の極意とともに父から贈られた人生訓である。

左馬介は沈黙した。

「なぜ、いくらだと訊かない」

「……それはっ」

頭を伏せて嵐を避けようとした左馬介に、わざわざ風神のほうから近づいていた。

「訊きたくないのか、吾がいくらと見積もられたか」

ゆっくりと村垣伊勢が、左馬介の背中に被《かぶ》さるように上半身を傾けてきた。

「訊きたいよなあ」

耳元で村垣伊勢が囁《ささや》いた。

「ひっ、訊きたいでござる」

尻の代わりに押しつけられた胸の感触と恐怖で、左馬介は変な声を出した。

「五両だ。日ごろよほど気前のいい旦那でも小判一枚だというのに、五両だぞ」

怒りの勢いで村垣伊勢が続けた。

「この吾を一晩五両で人身御供《ひとみごくう》にしようとしたのだ。どう思う」

「それは酷《ひど》いな」

女が同意を求めてきたときは、うなずけ。これも父の遺訓であった。

息子には優しかった母が、どれだけ父に厳しかったのか、村垣伊勢に責められながら、左馬介は考えた。

「であろう」

左馬介の同意で満足したのか、村垣伊勢が背中から降りてくれた。

「調べあげてくれる」

村垣伊勢が、すっと消えた。

「惜しい気がするな」

柔らかい女体の感触を失った左馬介が、ため息を吐《つ》いた。

「……さて、やることをやったら風呂に寄って、戻ろう。分銅屋どのに今の話を聞いてもらったほうがよさそうだ」

どう説明するかを考えながら、左馬介はまず水瓶を洗うために土間へ降りた。

湯屋を終えて戻った左馬介は、その足で分銅屋仁左衛門のもとを訪れた。

「少しよいかの」

「かまいませんよ。諫山さまのお話とあればいつでも」

声をかけた左馬介に分銅屋仁左衛門が応じた。

「長屋に戻ったところ、隣の加壽美どのが訪れてこられてな、随分と憤《いきどお》っておられたので、どうしたかと問うたところ……」

左馬介が芸者の愚痴として話をした。

「ほう、大名人足の口入れ屋が、勘定組頭さまを……」

聞き終わった分銅屋仁左衛門が難しい顔をした。

「繋がりそうにもないのですがねえ。口入れ屋は株仲間もございませんし、御上の禁令の対象でもございません。米屋ならば値段に勘定方がお口出しなさることもございますが……」

米は武士の収入源である。その米の価格が極端に上下されては、困るのは当然である。米が上がったからと喜んだところで、その影響は他の野菜や魚、果ては衣服、職人の日当にも及ぶ。米が一割上がった結果、他のものが二割上がれば実際の家計は厳しくなる。

逆に安くなれば、収入が減る。物価も下がるが、その影響を受けない借財の利子や返金額はかわらないので、武士にはきつい。

「これは田沼さまにお報せすべきでしょうな」

分銅屋仁左衛門が立ちあがった。

「供をいたす」

用心棒の責務を果たすべく、左馬介も腰をあげた。

「お願いしますけどね。その前に襟元に鬢《びん》付《つ》け油《あぶら》の匂《にお》いが染みついていますよ。手拭《てぬぐ》いでも濡《ぬ》らして拭かれたほうが、よろしいかと」

「えっ」

言われた左馬介があわてて後ろ首に触れた。

「どうしたら、そうなるのか。言いわけも考えておかれたほうがよろしいかと。なにせ、そのお召し物を洗うのは、喜代でございますから」

楽しそうに分銅屋仁左衛門が笑った。

第三章　悪の溜《たまり》

一

左馬介が博打場《ばくちば》へ来なかった。

「野郎、気づいたか」

甚の字が顔をゆがめた。

「どうしたい、甚の字。随分と人待ちをしていたようだが、あの新顔の浪人が、そんなに気に入ったのかい」

代貸《だいが》しがからかった。

「気に入ったなあ。分銅屋がよ」

「分銅屋……」

「忘れたのか、あの浪人が用心棒をしている浅草の両替屋だ」

怪訝《けげん》な顔をした代貸しに、甚の字が答えた。

「そうだったか。両替屋なんぞつきあいさえないからな」

代貸しが苦笑した。

「で、その両替屋がどうしたんだ」

「この間、あいつの後を付けて見てきたのだがよ。あれはすげえな」

問うた代貸しに甚の字が告げた。

「蔵が数え切れねえほどある。でありながら、用心棒はあいつ一人きりときている」

「……やる気か」

代貸しの声が低くなった。

「あれに気が動かねえなら、盗人《ぬすっと》なんぞしていねえよ」

「うちに迷惑を掛けるなよ」

笑った甚の字に、代貸しが釘《くぎ》を刺した。

「わかってるさ。ちいと人集めをするから、そいつを見逃してくれればいい。うまくいけば、ちと弾むぜ」

「しくじったからといって、逃げてくるなよ」

「わかっているさ。町方に捕まるようなしくじりはしねえ。もし、そうなったら品川《しながわ》にでも落ちるさ」

もう一度念を押した代貸しに、甚の字がうなずいた。

「なら、好きにしな」

代貸しが手を振った。

「すまねえな」

許しを得た甚の字が、博打に参加している小柄な男の背中を叩《たた》いた。

「うっせい。大事なところなんだ」

小柄な男が振り向きもせず、壺《つぼ》を睨《にら》んでいた。

「もう賽《さい》は振られている。後は勝つか負けるかだけだ。睨んだところで、出目は変わらねえぞ」

甚の字がもう一度小柄な男の背中を叩いた。

「邪魔をするな……なんだ甚の字か」

怒りを見せて振り向いた小柄な男が言った。

「開きやす。三一《さんぴん》の丁」

壺振りが賽子《さいころ》を見せた。

「ちっ、おめえが大事なときに邪魔をするからだ」

「阿呆《あほう》、決まってからだわ」

甚の字が怒って見せている小柄な男に苦笑した。

「空《から》っ穴《けつ》になったろう」

「一杯奢《おご》れよ」

当てられた小柄な男が甚の字に求めた。

「もうちょっと待ちな。あと四人」

「仕事か」

言った甚の字に小柄な男の目つきが変わった。

「そのつもりだ。こっちへ来な。話がしてえ」

盆近くは人が多い。甚の字が誘った。

「……ただ酒だが、酔うほど呑《の》むなよ」

「わかっている」

縁の欠けた、いつ洗ったか定かでない茶碗《ちゃわん》を取って、小柄な男が酒を呑み始めた。

「……来た。ちと誘ってくる」

しばらくして甚の字が髭面《ひげづら》の浪人を連れて来た。

「なんじゃ、地蔵《じぞう》もいるではないか」

浪人が小柄な男に気づいた。

「因幡《いなば》の旦那、まあ、一杯」

「おまえの酒じゃないだろうが……」

差し出された湯飲みを受け取った因幡と呼ばれた浪人が、地蔵の注いだ酒を呷《あお》った。

「酸《す》いなあ」

酒屋が捨てようかと考える酒を買いたたいている。酢になる寸前の酒に因幡が口をすぼめた。

「で、話は聞いているか」

因幡が地蔵に尋ねた。

「まだで」

「甚の字のことだ。どうせ、まともなことじゃないだろうが……金になればなんでもよいがの」

首を横に振った地蔵へ因幡が笑いかけた。

「やっと揃《そろ》った。待たせてすまねえ」

さらに無頼《ぶらい》三人を誘った甚の字が戻ってきた。

「代貸し、隣を貸してくれ」

「……………」

隣の座敷を使いたいと願った甚の字に、代貸しが無言で手を振った。

「お許しが出た。悪いが移ってくれ。ここからは呑み食いなしだ」

甚の字が一同に告げた。

三日と空けず、田沼家を訪れた分銅屋仁左衛門に、田沼意次の表情が険しくなった。

「なにがあった」

「説明は、諫山さまから」

問うた田沼意次に分銅屋仁左衛門が、今日は連れてなかに入っていた左馬介を指名した。

「よ、よろしいので」

分銅屋仁左衛門ほどの度胸はない。何度会っても、左馬介は田沼意次の持つ威厳に慣れなかった。

「震えるな。余が悪いようではないか」

田沼意次があきれた。

「も、申しわけございませぬ」

いつもより緊張しているのは、村垣伊勢と田沼意次が繋《つな》がっているのを知っているのと、己《おのれ》が主体であることに怖《おそ》れているのだ。

「では……」

左馬介が分銅屋仁左衛門にしたのと同じ話を繰り返した。村垣伊勢の正体を分銅屋仁左衛門に明かすわけにはいかない。

「その芸者というのは、どのような者だ」

「柳橋で指折りの人気者でございますよ。眉目《びもく》が麗しいのはもちろん、歌や三味《しゃみ》も群を抜いておりまする。なにより、所作《しょさ》に気品がございまする」

「所作に気品があると」

加壽美のことを説明した分銅屋仁左衛門に、田沼意次が興味を見せた。

「もとは武家の娘ではないかと噂《うわさ》されておりまするが、出自についてはまったく話をしないそうで」

「おもしろいの」

田沼意次が身を乗り出した。

「………」

「よろしければ、一度ご一緒いただけまするか」

わかっていて言っていると知っている左馬介は口をつぐみ、なにも知らない分銅屋仁左衛門が田沼意次を宴席に誘った。

「そなたと呑むのか。それはよいな。是非とも機を用意してもらおう。十日以降先ならば、なんとか都合を付ける。もちろん、その芸者も呼んでくれ」

「ありがとうございまする。では、日時は後日、井上さまに」

用人に伝えておくと分銅屋仁左衛門が告げた。

「結構だ」

田沼意次がうなずいた。

「では、帰るがよい。白河屋と茂木と申す勘定組頭《かんじょうくみがしら》のことは、気にかけておく」

「お騒がせをいたしましてございまする」

「………」

もう帰れと言われて分銅屋仁左衛門が平伏し、あわてて左馬介も倣《なら》った。

「ああ、諫山」

「はっ」

田沼意次に呼び止められた左馬介が、頭を垂れた。

「頑張るようにな」

楽しそうに田沼意次が左馬介を励ました。

二

下調べをするかしないかで、盗人として長くやっていけるかどうかが分かれる。

「蔵が多すぎらあ」

地蔵が面倒くさそうに言った。

「たしかに、どの蔵に金が詰まっているかわからないんじゃ、手間取るからなあ。まさか片っ端から開けて廻《まわ》るわけにもいかねえし」

「名の知れた娘破りのおめえでも無理か」

ため息を吐《つ》いた痩せた無頼に、地蔵が問うた。

娘破りとは盗人の隠語の一つで、蔵の鍵を開ける者のことを指す。処女がなかなか股を開かないというのと蔵の扉が固いのをかけている。腕のいい娘破りともなると、江戸中の盗賊から引っ張り凧《だこ》になり、一度の仕事で得た稼ぎのなかで頭分《かしら》に次いで分け前が多い。

「これだけの身代《しんだい》を抱えている店の蔵だぞ。一夜かかって二つ開けられれば御《おん》の字、下手《へた》をすれば一つも無理かも知れねえ」

「おいおい、破瓜《はか》の治助《じすけ》と言われたおめえに開けられない蔵なんぞないだろうが」

難しいと言った無頼に、地蔵が驚いた。

「その辺の町娘なら、一瞬で開いてみせるがな。おそらくこの店の蔵は、大奥女中より固いだろう」

治助と呼ばれた無頼が首を横に振った。

「せめて鍵だけでも見られたら、やりようもあるんだが……」

蔵の鍵を見せてくれるはずもない。治助がため息を吐いた。

「裏から見えねえかな」

地蔵が治助を誘って、分銅屋の裏へと回った。

「遠慮するねえ。おめえのでき次第で、儲《もう》けが変わるんだ」

「……すまねえな。では、遠慮なく」

屈《かが》みこんだ地蔵の肩に治助が乗った。

「どうだ。見えるか」

肩車をした地蔵が治助に訊《き》いた。

「……蔵はいくつも見えるが、出入り口は反対を向いてやがる」

治助が舌打ちをした。

「駄目か」

地蔵が治助をおろした。

「なあ、地蔵」

「なんだ」

「ここの用心棒に蔵の鍵を持ち出させることはできねえのか」

「……それの型をとるのか。よし、甚の字に言ってみよう」

「下見はこんなものか」

治助が辺りを見た。

「塀は高いな。一人でこえるのは難しい。梯子《はしご》の用意が要《い》るな」

「裏の人通りは少ない……が、夜中だから他人目《ひとめ》を気にしなくていいけどな」

二人が顔を見合わせた。

「戻ろうぜ」

地蔵が治助を促した。

昼餉《ひるげ》をすませた左馬介は、三日ぶりの博打場へ行くために店を出た。

「一廻りしてから」

いつもの癖で、左馬介は分銅屋の周囲を見て廻った。

「……これは」

左馬介は裏で気になる足跡を見つけた。

「店のほうに爪先が向いている。しかも普段より深い」

分銅屋は左馬介が来る前から、毎朝、店の周囲に水を撒《ま》く。これは埃《ほこり》を防ぐという意味のほかに、足跡を見つけやすくするという効果があった。

「普通は辻《つじ》と足跡は揃う。店のほうに爪先が向くような足跡はあり得ない」

左馬介が腰を屈めた。

「爪先がかなり食いこんでいる。これは一人の重さではなさそうだな。そうか、なかを覗《のぞ》くため、肩車でもしたな」

そう読んだ左馬介は、店のなかに戻った。

「分銅屋どの」

「おや、どうしました」

左馬介に声をかけられた分銅屋仁左衛門が首をかしげた。

「数日前に後を付けられていたという報告をいたしたと思うが」

「伺いましたな」

分銅屋仁左衛門がうなずいた。

「裏口に気になる跡がござる」

左馬介が足跡のことを説明した。

「……来ましたか」

両替屋をやっていると盗人との縁は切れない。なにせ、八百屋や魚屋と違って、扱っているものが現金なのだ。翌日の両替の準備があるため、かならず金を店に置いている。まず、盗みに入って外れはない。

「すまぬ。どうやら、呼んでしまったようだ」

「諫山さまのせいではございませんよ。わたくしがお願いしたことですから」

頭を下げた左馬介に、分銅屋仁左衛門が手を振った。

「いつ来るとお考えになりましたか」

分銅屋仁左衛門が問うた。

「おそらく、数日以内だろうな」

「今夜もあると」

「あり得ましょう」

「ふうむ」

分銅屋仁左衛門が思案を始めた。

「今日はいよう」

博打場行きは取りやめにすると左馬介が告げた。

「いえ……いつも通りにお願いします」

「よいのか」

「はい。本当に来るつもりならば、諫山さまになにか言ってくるでしょう」

留守の懸念《けねん》を表した左馬介に、分銅屋仁左衛門が述べた。

「なるほど。ならば、出させていただくとしよう」

左馬介が立ちあがった。

博打場に出た左馬介は、甚の字がいないことに首をかしげた。

「おや、ご浪人さん。お久しぶりで」

代貸しが左馬介に気づいた。

「おう。ちと野暮用での。甚の字どのがおらぬようだが」

「今日は見てやせんね。昨日はいたのですがね」

左馬介の問いに、代貸しが応じた。

「まあ、博打場にくる連中なんぞ、金がなければ来ませんしね」

代貸しが不思議でも何でもないと手を振った。

「そういうものか。どれ、今日はこれだけ頼もう」

小判を一枚、左馬介が出した。

「おや、今日は少ないようで」

「つい先日大負けしたばかりで、心もとないのだ」

目を少し大きくした代貸しに、左馬介が苦笑した。

「大負けの後こそ、大勝負するべきですよ。大きく張って勝てば、一度で取り返せやすから」

「……いや、やめておこう」

誘いかける代貸しに、左馬介が首を横に振った。

「では、これを」

「……うむ。たしかに」

代貸しが差し出した木札を左馬介は勘定してから受け取った。

「旦那、どうぞ。すぐにお遊びいただけやす」

盆脇の無頼が招いた。

「……おい。甚の字に報《しら》せてやれ。あの浪人が来たとな。三つ西の横町を入った腐れ戸の長屋、奥から二軒目左にいるはずだ」

小声で代貸しが若い者を呼んで命じた。

「いなかったときは……」

「そのときはそのときだ。探し回るほどの義理はない」

問うた若い者に、代貸しが冷たく言った。

「へい」

若い者がそっと出ていった。

「………」

盆に集中する振りで、左馬介はそれを目の隅に捉《とら》えていた。

鉄火場《てっかば》と言われるほど博打場は興奮する者たちで喧噪《けんそう》に包まれるが、それは同時に誰も左馬介の動きを気にしないということでもある。

「これで甚の字が来たら、この博打場も……」

「旦那、なにか」

壺振りが左馬介の独り言に反応した。

「いや、どちらにしようかと悩んでいたのよ」

「今日は、どうやら丁目が勝っているようでござんすよ」

ごまかした左馬介に壺振りが勧めた。

「そうか。では、丁に」

左馬介が木札を二枚出した。

「四ぞろの丁」

壺が開けられ、勝負が決まった。

「おめでとうございます」

二枚に二枚が足され、四枚になって帰って来た。

「おぬしのおかげよ。験担《げんかつ》ぎだ、少ないが勘弁してくれ」

左馬介が木札一枚を壺振りに渡した。

「験担ぎとおっしゃられちゃ断れやせん。遠慮なく」

軽く頭を下げて、壺振りが木札を受け取った。

「では、次に参りやすよ」

盆の上を片付けた壺振りが、賽子《さいころ》を二つ左手に持った。

博打というのは、熱くなればあっという間に終わってしまう。冷静でなくなれば、勝てないのが博打であるため、手持ちの金を使い果たす。

「負けを取り戻す。倍掛けだ」

「なんの、まだまだ倍々掛けで勝負」

五両や十両握って来て、こんなことをしていては、半刻（約一時間）も保《も》つはずがない。

「二一の半で。旦那、またお当てになりやしたね」

左馬介の前に木札が積まれた。

「ついてるの。これで前の負けは取り戻した」

左馬介もうれしそうにした。

「運がよさそうじゃねえか」

その左馬介の背中に声がかかった。

「甚の字どのか」

「隣いいか」

甚の字が盆脇の男に訊いた。

「へい。まだ空きがござんすから」

盆脇の男が認めた。

「すまねえな」

さっと甚の字が木札を盆脇の男に投げた。

「どうも」

一礼した盆脇の男が、次の準備と盆茣蓙《ぼんござ》を小さな箒《ほうき》で掃除した。

「どうしていた」

「ああ、主《あるじ》のお供よ」

いきなり質問してきた甚の字に、左馬介が答えた。

「用心棒とはそこまでするのか」

「金をくれているのだ。守って当然であろう」

あきれる甚の字に、左馬介が応じた。

「用心棒は店を守るものだと思ってたぜ」

「店も守るぞ。すでに盗賊を何度か捕まえている」

「……本当か」

左馬介の言葉に甚の字が声を低くした。

「それができなきゃ、用心棒は務まるまい」

「竹光《たけみつ》だと言っていなかったか」

甚の字が代貸しと左馬介の会話を思い出して、確かめてきた。

「差しているのはな。だが、店にはいくらでも銘刀が転がっている」

「借金の形《かた》か」

「さすがの切れ味だぞ」

探りを入れてくる甚の字に、左馬介が鉄扇《てっせん》を隠した。

「どれ、丁だ」

「こっちは半よ」

会話をしながらも勝負には参加している。話に夢中になると、盆から外されてしまう。

「しかし、本当に一人というわけではなかろう」

用心棒は他にもいるのだろうと、甚の字が尋ねてきた。

「いや、用心棒は拙者《せっしゃ》だけだ」

左馬介が否定した。

「一人だけだと」

「そうだ。用心棒は案山子《かかし》だからな。いるというだけで、盗人や強請集《ゆすりたか》りは二の足を踏む。張り子の虎は一つでいいだろう。二つあっても邪魔なだけ」

目を見張る甚の字に左馬介が語った。

「さて、そろそろ戻らなければ。楽しませてもらった」

木札を五枚、心付けに残して左馬介は立ちあがった。

三

いつの間にか、甚の字の仲間たちが博打場の酒を呑んでいた。

「先ほどの御仁《ごじん》かの」

浪人の因幡が、最初に口を開いた。

「そうだが、因幡さんから見て、どうだい」

甚の字が湯飲みに手を伸ばした。

「腰がしっかりと落ちているな。あれは相当できるか、よほど人足仕事をしてきたかだ」

「人足仕事じゃねえか。腰のものは竹光だそうだぜ」

因幡の批評に甚の字が笑った。

「竹光か。ならば人足だな。剣術遣いなら、差し料は慣れたものを好む。まちがえても普段から竹光を差して歩くことはない」

刀は浪人にとって、心の拠《よりどころ》でもある。

浪人、すなわち主を失った者は武士として扱われない。ただの民となるのだが、ただ一つだけ特権があった。

両刀を帯びることができるのだ。

民は刀を持てない。もちろん刀剣商や、鍛冶《かじ》師《し》、質屋など商売で刀を扱う者は別だが、通常は旅のときに護身用として携える場合以外は許されていなかった。

それをなぜか浪人は両刀を腰に帯びることが黙認されていた。

浪人は主を探す期間だけで、一時的な状態でしかないからだとか、両刀がなければ仕官を願うときに格好がつかないからだとか、いろいろ理由は憶測されている。

単に数が多いからいちいち取り締まるのが手間だとか、刀を取りあげようとして浪人たちに抵抗されたくないだとか、おそらくその辺が正解なのだろう。

「ということは、あいつはたいした腕ではないと」

「確実とはいわぬが、刀を遣う者は早々に手放しはせぬ」

念を押した甚の字に因幡が答えた。

「ならば、あまり気にせずともよいか。先ほど用心棒に入ってから、盗賊を退治したなどと言っていたので、少し緊張した」

ほっと甚の字が安堵《あんど》の息を吐いた。

「盗賊を退治……」

「なんでもそのときは、店に置かれている銘刀を遣うと言ってた」

「ふうむう」

因幡が腕を組んだ。

「甚の字よ。あいつを誘うんじゃなかったのか」

「ありゃあだめだ。金主《きんしゅ》にすがりついている。あんなのに誘いをかけたら、町奉行所が待ち構えていましたとなりかねねえ」

問われた甚の字が首を左右に振った。

「せめて蔵の鍵がどういうものか、訊いて欲しかった」

治助が残念だと肩を落とした。

「心配するねえ。あいつから用心棒は一人きりだと聞きだしている」

「あれだけの商家に一人きり……」

「用心棒は案山子だとよ」

「なるほど、脅して雀《すずめ》という盗賊を寄せつけぬようにすると」

因幡が苦笑した。

「で、どうするのだ」

不意に因幡の雰囲気が変わった。

「斬るなら、今がよいと思う。竹光ならば、あっさりと片付けられる。用心棒さえいなくなれば、両替屋なぞ裸の娘も同じであろう、治助どの」

「裸とは言いやせんが、単衣物《ひとえもの》くらいにはなってくれやすが……」

因幡に問われた治助がうなずいた。

「いや、だめだ」

甚の字が因幡を制した。

「用心棒がやられたら、両替屋が警戒する」

「そんなもん、用心棒がいなければ、たいしたことないだろう」

地蔵が甚の字の反対理由を潰《つぶ》しにかかった。

「甘いわ。両替屋だぞ。町方への心付けは嫌というほど撒《ま》いているはず」

「岡っ引きが出てくるか」

「それどころか、同心が出張《でば》ってくるぞ」

苦い顔をした地蔵に甚の字が追い討った。

「面倒になるのか」

因幡が纏《まと》っていた殺気を霧散させた。

「話なら、他所《よそ》でやれ」

代貸しが、うるさいと文句を付けてきた。

「すまねえな。おい、出るぞ」

甚の字が一同を連れて出た。

博打場を出ようとした左馬介の前に、潜《くぐ》り門《もん》を開けて浪人が入ってきた。

「河内場ではないか」

「うん……誰だ」

左馬介に声をかけられた浪人河内場が怪訝な顔をした。

「拙者だ。諫山だ。浅草の喜代三《きよぞう》親方のところで何度か一緒になっただろう」

「喜代三親方の……そういえば、見たような」

自己紹介した左馬介に、河内場がなんとなく思い出したような表情を浮かべた。

「ここでは会っていねえよな」

「ああ、最近だからな」

確認した河内場に左馬介が答えた。

「今日はもう帰りか」

「ああ。出目のいいうちに帰ろうと思ってな。先日、取り返そうと深みに入って痛い目を見たのでな」

訊かれた左馬介が告げた。

「儲けたのか。なら賢明だな。少し袂《たもと》の屑《くず》をくれ。縁起担ぎよ」

「変わった験担ぎだな」

首をかしげながらも河内場の求めに左馬介は応じて、袂の隅に入っている糸くずのようなものを出した。

「すまないな」

喜んで受け取った河内場が、己の袂へ糸くずのようなものを落とした。

「場所を替えたのかと思ったぞ。貴殿からここを教えられたので来てみたら、一向に姿がない」

「ちいと軍資金を集めにいっていたのよ」

「よい儲けでもあったのか」

「儲けというほどでもないがな。鐚銭《びたせん》を銭に替えただけよ。ちいとした知り合いに頼まれて、鐚銭六枚を波銭《なみせん》にするだけ。二文しか儲からないが、枚数が増えるとちょっとした日当にはなる」

「ほう、そんないい話があるのか。教えてくれ」

左馬介が頼んだ。

「もうないぞ。それに儲かる話を他人にするわけないだろう」

「どこでそんなうまい話が」

首を振った河内場に左馬介が重ねて訊いた。

「またにしてくれ。久しぶりの博打なんだ」

もういいだろうと河内場が手を振った。

「また来るのでな。一度ゆっくり話をしようではないか。なんなら訪ねてくれていい。今は浅草門前町の分銅屋で用心棒をしておる」

「いい仕事を見つけたな。懐《ふところ》が温かい勝った日なら、つきあおう」

左馬介の誘いに、河内場がうなずいた。

「ではな」

博打をしたくてたまらない河内場が、そそくさと屋敷のなかへと姿を消した。

「………」

その背中を見送って、左馬介も博打場を後にした。

博打場から分銅屋までは、歩いて小半刻（約三十分）ほどである。ゆったりと慌てず、左馬介は歩いていた。

「油断しきっているというに」

その少し後を甚の字たちが付けていた。

「やるなよ」

まだ左馬介を斬りたがっている因幡に、甚の字が釘を刺した。

「では、いつやるのだ」

因幡が問うた。

「そうよな。治助、蔵はどれだけあれば開けられる」

「錠前を見てねえから、はっきりしたことは言えねえが……ややこしいやつでも半刻あればどうにかなる」

治助が答えた。

「半刻かあ。それだとよくて二つだな」

入って蔵を破って、なかを物色して、逃げ出すとなれば、一刻は要る。そこに左馬介という邪魔が入れば、より厳しくなった。

「地蔵、おめえ玄能《げんのう》と槌《つち》を取ってこい。治助が娘破りをしている間、隣の蔵の壁を削れ」

「わかった」

甚の字に言われた地蔵が離れていった。

「因幡の旦那は、用心棒を抑えておくんなさい」

「任せろ」

因幡が胸を張った。

「残りは見張りと、逃げ道の確保だ。猪三《いぞう》、おめえ猪牙《ちょき》を一艘《そう》、どこからか手配してこい。千両箱を抱えて走るのは手間だ」

「適当なところにもやっておけばいいな」

猪三も分かれていった。

「夜半にあの分銅屋の裏木戸前に集まってくれ」

「子《ね》の刻《こく》（深夜零時ごろ）でいいのか。まだ人はいるぞ」

治助が確認した。

浅草は御免色里《ごめんいろさと》である吉原に近い。吉原の引けと呼ばれる終業は子の刻である。それ以降は夜が明けるまで大門《おおもん》は閉じられ、出入りはできなくなる。当然、翌朝から用のある客は、引けの直前に吉原から出る。吉原から浅草までは日本堤《にほんづつみ》を通ろうが、浅草田圃《たんぼ》を通ろうが、小半刻ほどもかからない。それこそ、子の刻では、酔客に見咎《みとが》められかねなかった。

「すぐに分銅屋のなかへ入るから、目立つことはねえ。それにそれくらいの余裕がねえと、夜が明けるまでに十分に稼げねえぞ。いいか」

そこまで言った甚の字が、一同の顔を見渡した。

「ちいとその辺で訊いてみたら、分銅屋の財産は十万両をこえるらしい。もちろん、ほとんどは大名貸しで出ているだろうが、それでも蔵のなかには一万両は寝ているらしい」

「一万両」

「なんと豪儀《ごうぎ》な」

聞かされた一同が驚愕《きょうがく》した。

「一万両とは言わねえ。そんなに盗《と》っても持ち運べねえだろう。だが、一人千両箱一つは欲しいじゃねえか。そのためには、ちいと無理もしなきゃいけねえだろう」

「承知」

「合点《がってん》」

甚の字の言葉に残っていた者がうなずいた。

四

村垣伊勢は、白河屋の大戸が閉まるのを向かいの屋根からじっと見ていた。

「……やっとか」

人足仕事を求める客は、少しでも長く働かそうとする。三刻（約六時間）で帰そうが、日が暮れるまで使おうが、支払う金は同じなのだ。

そのため、人足が一日の仕事が終わったと報告をすますのは、暮れ六つ（午後六時ごろ）を過ぎてからになることが多かった。

「よし」

白河屋の大戸が閉まり、灯《あか》りがなくなった辻は一気に暗くなった。

村垣伊勢が忍装束《しのびしょうぞく》で向かいの屋根から下り、白河屋の塀を飛びこえた。

「……………」

少し耳を澄まして、気配を探った村垣伊勢が床下へ身を忍ばせた。

「番頭さん、今日の締めはどうだい」

この間聞いたばかりである。村垣伊勢は白河屋の声のするところまで近づいた。

「はい。一人の欠けもなく、算盤《そろばん》も合いましてございまする」

番頭が答えた。

「売り上げはどうだい」

「……あまりよろしくございません。不足は出ておりませんが、仕事にあぶれる人足がどうしても一定の数だけ出ておりまして」

訊かれた番頭が苦い口調で告げた。

「参勤交代の人数が減ったからねえ」

大名にとって義務である参勤交代は、軍事行列として扱われ、石高《こくだか》に応じた人数が領地と江戸を往復した。しかし、示威行動でもあった参勤交代は、石高以上の規模や華美さを誇るようになって、ついに幕府から制限がかけられた。その影響は当然、大名人足を出す口入《くちい》れ屋を直撃していた。

「それに最近は、火事もないしねえ」

江戸は火事が多い。木と紙でできた家屋は、一度火が付くとあっという間に燃え広がり、大火事になる。さすがに明暦の火事ほどの規模まではいかないが、それでも数百軒が被害を受けるなどめずらしくはない。火事が起これば、その後片付けや家屋の建て直しなど、人手の需要は一気に増える。

「なにより、そろそろ大きな普請《ふしん》が欲しいところだ」

幕府から大名に街道整備、江戸城修繕、寛永寺《かんえいじ》修復などを命じることをお手伝い普請と呼んだ。もっともお手伝いとはいいながら、その普請はすべて大名の負担となった。材料はもとより、職人、人足の手配もしなければならない。そもそも数日で終わるような修繕普請は、幕府が無役の旗本に課している小普請金《こぶしんきん》だけで終わる。お手伝い普請となれば、短くても一カ月、長ければ数年かかることもあった。

となれば、大名出入りの口入れ屋は、その仲介料だけで大儲けできた。

「普請がございましても、お大名方には出入りの口入れ屋がございますので、なかなかこちらまでは……」

「わかっているよ。だからこそ茂木さまにお願いをしたんだ。店が出入りをいただいているお大名方に、お手伝い普請をとね」

番頭の懸念を白河屋が払った。

「お出入り先の……よろしいのでございますか」

お手伝い普請の負担が大きく、内政を崩す大名は多い。なにせお手伝い普請とは、名前だけでそのじつは、大名の蔵を空にして武器弾薬、兵糧《ひょうろう》などを買う金を費やさせ、謀叛《むほん》をさせないための賦役《ぶやく》なのだ。

出入り先を苦しめていいのかと番頭が懸念した。

「問題ないよ。借金で潰れたお大名はいないからね。うちは支払ってもらえればいいだけだから」

淡々と白河屋が述べた。

お手伝い普請は強制である。命じられれば断ることはできず、費用が足りなければ借財をしてでも工面しなければならない。

「支払いを待ってくれ」

お手伝い普請にかかわった材木屋、左官、大工などの職人、そして人足への支払いは、普請完了と同時にすまさなければならなかった。

「まだいただけておりませぬ」

不払いは幕府の面目を潰すことにもなる。大名は意地でも支払わなければならないのだ。

「…………」

番頭が黙った。

「いいかい、この白河屋に草鞋《わらじ》を預けてくれている人足連中に仕事を与えるのが、わたしの仕事だよ。そのために手を打つのは当然じゃないかい」

「……はい」

その通りであった。番頭の給金も白河屋の売り上げから出ている。番頭もうなずくしかなかった。

「できれば三つくらいのお出入り先に、お手伝い普請が決まってくれるといいんだけどねえ。そうすれば、三年は保《も》つ」

白河屋が目を閉じた。

「三年保ちましょうか。数万石のお大名さまでは、人足もさほど……」

開き直った番頭が、問いかけた。

「もちろん、抜かりはないよ。ちゃんとお願いしてあるからね。できるだけ大きなお方にお願いしますと」

「大きなといえば、当家でお出入りをいただいているのは、白河の松平さまか、会津の松平さま……」

「だねえ。両方お願いできれば助かるんだけど」

番頭の言葉に、白河屋が小さく笑った。

「ご接待はうまく……」

「それがねえ。柳橋の加壽美が場を読めなくてねえ。なにが、あたしは芸者で芸しか売りませんだい。おぼこじゃあるまいし。まったく、贔屓《ひいき》のしがいのない。もう、二度と呼ばないよ。おかげで、茂木さまのご機嫌を繋ぐため、吉原へお連れする羽目になったよ。一度ですむはずの宴席が二度だよ。無駄な金を遣わされた」

白河屋が憎々しげに吐き捨てた。

そこまで聞いた村垣伊勢が、床下から這《は》い出た。

「……こっちからお断りだ。女は道具ではない」

閉じられた雨戸へ向かい、小声で罵《ののし》った村垣伊勢が、音もなく闇《やみ》へ溶けた。

用心棒は日が暮れてからが本番である。

河内場のことよりも、甚の字の相手を左馬介は優先していた。

夕刻に軽く仮眠を取った左馬介は、空腹を補うていどの夕餉《ゆうげ》を摂《と》り、いつもの部屋で陣取った。

「お腹《なか》がすいたときに」

寝る前に喜代が、握り飯と茶を用意してくれた。

「かたじけない」

「……いいえ」

礼を言った左馬介をじっと喜代が見つめた。

「…………」

左馬介がふっと目を逸《そ》らした。

「一度、お話をせねばなりませぬね。加壽美さまと」

「えっ」

「お休みなさいませ」

聞き直そうとした左馬介を置いて、喜代が去った。

「今のは……」

確かめたくとも、すでに刻限は夜の四つ半（午後九時ごろ）に近い。女中の後を追うなど不謹慎で、不義密通を疑われても文句は言えなかった。

「はあ」

小さくため息を吐《つ》いた左馬介が、己の両手で頬をはたいた。

「後だ、後。まずは、あいつらのことだ」

左馬介は、分銅屋仁左衛門には数日のうちと言いながらも、甚の字たちが今夜来ると確信していた。

「明日になると御用聞きが出入りするかも知れぬ」

わかっていて今日は地元の御用聞き、布屋《ぬのや》の親分には報せていない。

「役に立ちませんよ。騒ぐだけで」

因縁のあった五輪《いつわ》の与吉《よきち》という御用聞きを追い落とした分銅屋仁左衛門はその後の経緯もあり、町方を完全に見限っていた。

「金を取るなら、それだけの働きを見せてもらわないと」

長年出入りとして金を払い続けてきた分銅屋仁左衛門は、五輪の与吉を抑えきれなかった布屋の親分にも不満を露《あら》わにしていた。

「盗賊くらい、こちらでどうにもできると見せつけてやらないと、あいつらは目が醒《さ》めません。金をもらえて当たり前だなどと思っているようでは、困りますから」

分銅屋仁左衛門は左馬介に期待していた。

「蔵は放置でよろしゅうございます。破れるはずもありませんし」

新しく蔵を増やすときに、分銅屋仁左衛門は金を掛けて、その造りを頑丈にしてある。

「錠は鉄の南蛮《なんばん》仕掛け。鍵がなければ開きません。壁には鉄板を仕込んであります。壊せても漆喰《しっくい》まで」

分銅屋仁左衛門は胸を張った。

「ですから……」

「承知している。分銅屋を襲う者は痛い目に遭うと天下に教えてくれる」

左馬介も場数を踏んでいる。

「これをお遣いくださいな。殴るのはお得意でしょう」

分銅屋仁左衛門が一振りの太刀《たち》を左馬介に渡した。

「お、重い」

普通の太刀のつもりで受け取った左馬介が驚いた。

「……これは鞘《さや》まで鉄」

左馬介が太刀が抜けないことに気づいた。

剣術のできない左馬介は鉄扇で戦う。だが、鉄扇では間合いが短すぎる。せいぜい一尺（約三十センチメートル）ほどしかない。まさに肉を切らせて骨を断つであった。

「特別に作らせました。見た目は漆塗《うるしぬ》りの鞘の太刀ですがね。鉄でできてます。丈夫ですよ。その代わり、斬れませんが」

「遠慮なく遣わせてもらおう」

これならば鉄扇は隠し武器にできる。切り札があるというのは、心にも余裕を与えてくれた。

「飛び道具は叩けんな」

唯一の欠点は重く、鉄扇のように取り回しが利かないところである。手裏剣や匕首《あいくち》を投げつけられたら、とても間に合わない。

「そのときは、これの出番だ」

決意とともに左馬介が懐を押さえた。

五

無頼というのは、人としての約束を守れないから堕《お》ちた者でもある。

「なにしてやがる」

甚の字が怒った。

すでに待ち合わせの子の刻を小半刻過ぎていた。

「よっ」

手をあげて因幡が来た。

「旦那、遅すぎやすよ」

「いや、ちょっと暇があったのでな。つい酒を」

責められた因幡が、頭を掻《か》いた。

「遅れた」

「悪《わ》りいな」

その後続けて人が集まった。

「あと一人、戌太《いぬた》だけだが、もうこれ以上待っていられねえ。あいつ一人のために蔵一つあきらめるわけにはいかねえ」

甚の字が戌太という無頼を捨てた。

「行くぜ、地蔵」

「おいよ。すまねえ、治助、肩車を」

「ああ」

先日とは逆の体勢を取り、地蔵が上になって持ちあげてもらった。

「塀が高いから……面倒な」

両手をかけて、身をあげた地蔵が塀を乗りこえた。

「……なんだこれ」

勝手口の閂《かんぬき》をはずそうとした地蔵が戸惑いをあげた。

「どうした」

「閂に錠が付けられている。これじゃ、開かねえ。治助、来てくれ」

「誰かあげてくれ」

治助が肩車を要求した。

「……これか、たいした仕掛けじゃねえ。すぐに開く」

先の曲がった針金を使って治助が、手早く閂を抜いた。

「最初から躓《つまず》くか」

因幡が苦い顔をした。

「こんなもん、躓きにもなりやせんよ。おいっ。地蔵」

否定しながら甚の字が、地蔵に持ってこさせた槌《つち》を手にした。

「………………」

すでに治助は手近な蔵にとりついていた。

「……甚の字さんよう。こりゃあ難物だ」

治助が錠前を手にして甚の字を呼んだ。

「手間取りそうか」

「……やってはみるが、まず無理だな。この手のは、初めてだ」

訊いた甚の字に治助が首を横に振った。

「とりあえず、やってくれ。どうにかなるかもしれねえだろう。地蔵、壁を潰せ」

「無駄だろうなあ」

「おいよ」

甚の字の指図に二人が動いた。

これだけ騒げば、なかにも伝わる。

「来たか」

起きあがった左馬介が、固まった筋を伸ばすように身体《からだ》をひねった。

「さて……」

左馬介が鉄の太刀を右手に握り、勝手口から外へ出た。

「……おい、甚の字。こいつは駄目だ。壁に鉄板が仕込んである」

地蔵が数回蔵の壁を叩いて、気づいた。

「くそったれ。どこまで厳重にしてやがる。だが、それだけ守らなきゃいけねえお宝がなかにあるという証拠だ。なんとか破るぞ」

甚の字が仲間を煽《あお》った。

「やめといたほうがいいぞ。その蔵は破れん」

左馬介が甚の字の背中に冷や水を浴びせた。

「……出てきたか、用心棒」

「仕事だからな」

睨んだ甚の字に左馬介が苦笑した。

「因幡さん、出番で」

「おう」

因幡が左馬介に対峙《たいじ》した。

「……心得のない者を斬るのはおもしろくないのだがなあ」

ため息を吐《つ》きながら、因幡が言った。

「心得がないとは」

「太刀を右手で握っていては抜けまいが。左手で鞘《さや》を、右手で柄《つか》を持つ。こうしなければ、太刀は抜けぬ。剣術の初歩も初歩。子供でも知っているぞ」

因幡があきれた。

「初歩かあ。そうかあ」

肩をすくめながら左馬介が因幡へ近づいた。

「死ぬ気か。ならば……」

因幡が太刀を鞘走《さやばし》らせた。

「ええいっ」

そのいきおいのまま、袈裟懸《けさが》けに斬りかかった。

「ふん」

左馬介が鉄太刀で受けた。

甲高《かんだか》い音がして、因幡の太刀が折れ飛んだ。

「えっ……」

因幡が唖然《あぜん》とした。

「これはこういうものなのだ」

すっと左馬介が、鉄太刀を持ちあげて振り落とした。

「がっ」

右肩、鎖骨、肋骨《ろっこつ》を折られた因幡が気を失って倒れた。

「………」

見ていた甚の字が呆然《ぼうぜん》としていた。

「さあ、次はおまえだ」

太刀を右肩に立てかけるようにしながら、左馬介が甚の字に顔を向けた。

「ま、待て。どうだ、仲間にならんか。ここの主を捕まえて、蔵の鍵を開けさせてくれ。逃げるための船は用意してある。千両、いや、そちらは二千両持っていってくれていい」

甚の字が顔色を変えながら口説《くど》いた。

「あいにくだな。金なんぞ、一日に一分もあれば十分だ。たとえ妻《めと》を娶り、子ができても、困ることはない。たかが二千両で、子々孫々まで続くだろう安寧《あんねい》を売れるわけなかろうが」

「くたばれっ」

甚の字との遣《や》り取りで注意が逸れたと見た地蔵が、金槌で殴りかかってきた。

「長さが違うわ」

肩に担いでいた鉄太刀をそのまま左馬介が落とした。

「ぎゃああ」

金槌を持っていた地蔵の右腕の骨が砕けた。

「こりゃあ、いけねえ」

治助が不利を悟って逃げた。

「あっ、待ってくれ」

もう一人の無頼も逃げ出した。

「残ったのはおまえだけだ」

射竦《いすく》められたように固まった甚の字に左馬介が歩み寄った。

「な、なあ、博打場で世話してやったじゃねえか」

「そのていどで見逃せるわけなかろう。きさまはしちゃいけないことをしたのよ。拙者が用心棒をしている店に馬鹿を仕掛けるというまねをな」

左馬介が甚の字の嘆願を拒絶した。

「まあ、一つしてやれるといえば、殺さないでやるくらいだ」

「……どういう意味だ」

まだ距離を詰めてくる左馬介に甚の字が震えながら、そっと右腕を懐へと忍ばせた。

「なあに、足を一本折るだけ」

「ふざけるなっ。喰《く》らいやがれっ」

甚の字が叫びながら懐で抜いた匕首《あいくち》を投げつけてきた。

「ほいっ」

右手を懐に入れたところで左馬介もわかっている。合わせるように帯に差していた鉄扇を空いている左手で取り、飛んできた匕首の前で広げた。

「あぎゃああ」

勝ったと思っていた甚の字が防がれた驚きより、痛みに絶叫した。

「おまえが馬鹿をするから、両足ともに砕けてしまったではないか」

左手で鉄扇を握りつつ、右手で持っていた太刀を左馬介は甚の字の臑《すね》へと投げつけていたのだ。

「あああああ」

転がって甚の字がわめいた。

「……うるさいですねえ」

勝手口から分銅屋仁左衛門が顔を出した。

「すまぬ。起こしてしまったか」

「こいつらが入ってきたときの騒ぎで起きましたよ」

詫《わ》びた左馬介に分銅屋仁左衛門がすでに起きていたと手を振った。

「こいつらですか。専門の盗賊じゃなさそうですね」

「呼び込んだ形になってしまった」

博打場が原因だと左馬介が申しわけなさそうにうつむいた。

「いえいえ。おかげで博打場にはなんでもする連中が集まってくるとわかりましたからね。やはり使いようでは、役に立ちそうですな」

分銅屋仁左衛門が口の端を吊《つ》り上げた。

「さて、このままでは邪魔ですな。誰かいるかい」

「へい」

母屋《おもや》を振り向いた分銅屋仁左衛門に、なかから若い手代が応じた。

「布屋の親分をたたき起こしておいで。何度も何度も襲われてばかりで、たまったもんじゃない。それで縄張りを守っていると言うつもりかいと、わたしが怒っているともね」

「へい」

家のなかで足音が遠ざかっていった。

「分銅屋どの、じつは……」

後回しにしていた河内場のことを左馬介は告げた。

「鐚銭を波銭に……そう言ったのでございますね」

「ああ」

左馬介がうなずいた。

「ふむ。これは使えますか」

小さく分銅屋仁左衛門が口の端をゆがめた。

「少し考えますのでね。この場はお任せしますよ」

分銅屋仁左衛門が後を左馬介に託した。


布屋の親分は分銅屋仁左衛門の後押しを受け、五輪の与吉の縄張りを譲り受けた。その過程で五輪の与吉が分銅屋仁左衛門を襲うという事態にも巻きこまれたが、縄張りの把握はうまくいっていた。

「……親分さん、親分さん。分銅屋の者でございます」

「なんだい、こんな夜中に」

布屋の親分のもとで修業をしている下っ引きが寝ぼけた顔で潜り戸ごしに応対した。

「盗賊が入りました。急ぎ、親分にお出張りいただきたいと主が申しておりまする」

「……そいつあ、てえへんだ。親分、親分」

分銅屋の手代の話に、下っ引きが大声を出した。

「うるせえ。一度言えば聞こえる。ご近所に迷惑だ」

布屋の親分が下っ引きを叱《しか》りつけた。

「表を開けな」

「へ、へい」

叱られた下っ引きが表戸を開けた。

「盗人だって」

出てきた布屋の親分が手代に確かめた。

さすがは親分と言われるだけのことはある。手代が来たことを感じた布屋の親分は、しっかりと着替えていた。

「これは親分さん。盗賊が当家に入りました」

手代が答えた。

「その盗賊は」

「一応防ぎましたが、何人か逃げたようです」

「逃げられたか」

告げられた布屋の親分が苦い顔をした。

「そいつら以外のは捕まえたと」

「わたくしは主の命じるままに報せに参っただけで、詳細は」

手代は雨戸の閉まった廊下にいたのだ。詳しい状況を確認していない。

「若いのが集まり始めたら、すぐに参上すると伝えてくれ」

布屋の親分が手代に頼んだ。

「できるだけお早くお願いします。主、かなり怒っておりますれば」

返事を待たず、手代が続けた。

「怒っているか……」

眉間《みけん》に布屋の親分が深いしわを刻んだ。

「すぐお伺いすると伝えてくんな」

「よろしくお願いしますね」

手代が念を押して戻っていった。

「……行ったか。まったく、何度襲われればすむんだ。金もありすぎると剣呑《けんのん》だな」

聞こえなくなるのを見計らった布屋の親分がぼやいた。

「戸板を用意しておきな」

布屋の親分が集まりかけた手下《てか》たちに指示を出した。

御用聞きは出入り先の評判を気にしなければならない。

「御免なさいよ」

いつもは表から入り、周囲に姿を見せつけるが、なにかあれば、目立たないように裏から忍ぶ。噂にならないようにするためであった。

布屋の親分が勝手口から分銅屋に顔を出した。

「親分、こっちだ」

ずっと甚の字たちを見張っていた左馬介が手をあげた。

「諫山先生、こいつらで」

「ああ。あと二人いたが逃げた。金を盗んだ後、逃げ出す用意もしていたようだ」

「金を盗んだ後……繁《しげ》、一人連れて川沿いを見てこい」

「へい、乙《おと》、付いてきな」

命じられた下っ引きが走っていった。

「こっちは保《も》ちやせんぜ」

屈みこんで因幡の様子を見ていた兄貴分の下っ引きが首を左右に振った。

「斬りやしたか」

「いや、斬りかかってきたから殴りつけた」

布屋の親分に問われた左馬介が答えた。

「な、殴りつけた」

「見たらわかるだろう。衣服も肩も斬れておるまい」

「……たしかに」

傷口を確認するために、衣服を半分剝《は》がれている因幡を見た布屋の親分がうなずいた。

「なにで殴りやした」

「これだ」

甚の字が痛みで気を失ってしまっている間に、拾いあげておいた鉄太刀を左馬介が差し出した。

「見てもよろしゅうござんすか」

「かまわぬとも。ほれっ」

布屋の親分の求めに左馬介が応じた。

「お、重い」

普通の太刀のつもりで受け取った布屋の親分が、鉄太刀を落としそうになって慌てた。

「こいつは……抜けない」

布屋の親分が鉄太刀に苦労した。

「抜けないな。それは刀の形をした鉄の棒だ」

「鉄の棒……」

言われて布屋の親分が、じっくりと鉄の太刀を見た。

「なんでまた、こんなものを」

布屋の親分が訊いてきた。

「理由は分銅屋どのから聞いてくれ」

左馬介が着替えて出てきた分銅屋仁左衛門に対応を譲った。

「遅くに悪いね」

「いえ。仕事でござんすから」

ねぎらった分銅屋仁左衛門に、布屋の親分が首を横に振った。

「そうかい。仕事かい。ならばもうちょっとどうにかならないかね。今年になってから、うちは何度入られているか。たしかに金のある両替屋だけどね。それを理由にはしてもらいたくないね」

「……………」

いきなり言われた布屋の親分が黙った。

「店の大きさに合わせただけの挨拶《あいさつ》をしていると思うが、あれじゃあ不足だと」

「と、とんでもねえことで」

分銅屋仁左衛門が出している出入り金は、群を抜いて多い。それを足りないと言えば、他の店すべてに値上げを要求したことになる。

「こいつらは博打場の仲間らしい」

「博打場でやすか……」

言われた布屋の親分が嫌そうな顔をした。

「お旗本のお屋敷だろうが、お大名のだろうが、寺社であろうとも、関係ないだろう。博打を取り締まってもらわないと困るね」

「ですが、町方では手出しができやせん」

布屋の親分が言いわけをした。

「手を抜くからだろう。どこに博打場があるかくらいは知っているはずだ」

「ですから、なかへ踏みこめねえんで」

「なかへ入らなくても取り締まれるだろう。そこの出入りを見張っていればよいだろう。御上《おかみ》の十手《じって》を持っている者が目の前にいるのを横目に、博打場へ入っていけるわけない」

「たしかに……ですが、そうなると人手が」

一昼夜を一人で見張るわけにはいかなかった。少なくとも四人ほどで交代させなければならない。さらに博打場は一つではない。浅草の付近はそれこそ、大名の下屋敷のほとんど、寺社も荒れたところはまず博打場になっている。

「全部見張らなくても、いくつか潰すだけで、布屋の親分の縄張りじゃおとなしくしないととなるよ。そうすれば、また親分の名前もあがる」

縄張りを広げたことで、布屋の親分はかなり有名になっている。そして名前の知れている御用聞きのもとに、出入りは集まる。

「……思案いたしやす」

布屋の親分が少し考えさせてくれと言った。

「親分」

戸板の用意ができたと下っ引きが布屋の親分に報告した。

「よし、とりあえずは大番屋へ運ぶぞ。では、御免なさいやし」

分銅屋仁左衛門に一礼して、布屋の親分と下っ引きたちが出ていった。

「いいのか」

いなくなるのを確認した左馬介が分銅屋仁左衛門に問うた。

「拙者も出入りしていたのだぞ、博打場に」

「大丈夫でございますよ。博打はその場に踏みこまないかぎり捕まえられません。現場を押さえないと実際にやっていたかどうかわかりませんからね。疑いだけでお縄にできるのならば、大名の下屋敷も寺も関係なしで、博徒の親分を押さえればすみましょう」

左馬介の不安を分銅屋仁左衛門が一蹴《いっしゅう》した。

「さて、これで諫山さまが行かれていた博打場は潰れました。わたしに言われてなにもしないはできませんでしょう」

布屋の親分にとって、分銅屋仁左衛門は最大の金主である。その助言に一度は従わなければ、金主を怒らせることになる。

「そうなれば、あの博打場に通っていた連中のいきどころがなくなる。ほとんどの者は他所《よそ》の博打場に流れるでしょうが、諫山さまのお知り合いのお方などは、頼ってお見えになるかも」

分銅屋仁左衛門が小さく笑った。

第四章　外れる思惑

一

お手伝い普請《ぶしん》は、外様《とざま》、譜代《ふだい》のかかわりなしに課せられる。ただし、老中、唐津《からつ》藩などの長崎警固を任じられている諸藩、御三家、加賀《かが》藩などの大廊下詰め、そして溜《たまり》の間《ま》詰めの譜代名門は免除されるのが慣例であった。

「家老を登城させよ」

会津藩松平家上屋敷へ、老中からの呼び出しがかかった。

「これはきっとお願いしていた御領拝領のことであろう」

江戸家老井深が喜んだ。

「……お呼び出しがお昼からというのが気になりまする」

対して留守居役が危惧《きぐ》を表した。

明文化されているわけではないが、幕府には慶事を午前中、凶事は昼からというしきたりがあった。

「お呼び出しは西尾《にしお》隠岐守《おきのかみ》さまぞ。御老中さまはご多忙、お呼び出しがお昼をこえても不思議ではない」

井深は留守居役の懸念《けねん》を一蹴《いっしゅう》した。

「万一、凶事であったとしたら御領拝領願いは叶《かな》わぬというものであろう。それでもかまわぬ。今までは御老中さまにお目通りもできなかったのだ。直接お話をする機会をいただけたと思えばよかろう。そこで、会津の藩祖以来の忠節を訴えたうえで、内政の窮乏を申しあげれば、かならずや当家のためになるはずだ。御領拝領をあきらめる代わりに御手元金拝領でもいい。少しでも息が吐《つ》ければいい」

家老として、願いを通すだけではなく、引いて落としどころを探るという判断もすると井深が述べた。

「では、行って参る」

呼び出しが昼八つ（午後二時ごろ）とはいえ、呼び出しを受けた者はその一刻（約二時間）前には登城しておくのが常識である。それが陪臣《ばいしん》ともなれば、さらに半刻は早めに待っていなければならない。

「会津松平家にて家老を務めておりまする井深深右衛門でございまする。御老中西尾隠岐守のお召しにて参上仕《つかまつ》りましてございまする」

井深は江戸城表御殿の出入り口である中御門で名乗った。

「伺っておる。あの者に従うがよい」

中御門の警衛を担当する書院番士《しょいんばんし》から、井深はお城坊主を紹介された。

「三枝一聞《さえぐさいちもん》でござる」

「会津家家老井深深右衛門でございまする。これはご挨拶の印でございますれば」

お城坊主に一礼した井深が手にしていた白扇《はくせん》を差し出した。

白扇は財布を持たない城中での金代わりである。後日この白扇を会津藩上屋敷へ持っていけば、内側に書かれている金額と交換してもらえた。

「……これはっ」

少しだけ白扇を開いて、金額を確認した三枝一聞が驚愕《きょうがく》の声をあげた。

「よろしいので」

「お世話になるのでございまする。どうぞ、お気になされず」

確かめた三枝一閒に、井深がうなずいた。

「どうぞ、こちらへ」

三枝一閒の態度が一変した。

お城坊主の禄《ろく》は少ない。とくに城中を走り回って役人や大名の雑用をこなす同朋衆《どうぼうしゅう》と呼ばれるお城坊主は、おおむね二十俵一人扶持《いちにんぶち》ほどである。一人扶持は一日玄米五合の支給となり、本禄と合わせても一年で十両に届かない。その薄禄でもお城坊主がやっていけるのは、こういった付け届けが大きい。

なにせ、付け届けがなければ、大名であろうが役人であろうが、お城坊主は知らぬ顔をするのだ。

基本、城中では大名、役人の動ける範囲は決まっている。さすがに厠《かわや》はそのなかにあるが、台所はない。台所は将軍の食事をしつらえるだけではなく、老中や小姓などの中食、宿直《とのい》の夕食、翌朝食なども作る。当然、毒殺には敏感であり、無用の者が立ち入ることはできなくなっている。お城坊主は、台所での雑用もこなす関係から、出入り自在であり、殿中での湯茶の用意も担当する。

「茶を」

「……………」

心付けを出していないと、求めても聞こえない振りをする。

「しばし、お待ちを」

そう言って放置する。

そもそも屋敷や領地へ戻れば殿さまとして、縦のものを横にもしないのだ。生まれたときから、誰かが横にいて、指示するだけで、いや、目で合図するだけで要求をこなしてくれる。そんな生活を送ってきた大名や役人が、自力で茶を淹《い》れたり、目通り前に身形《みなり》を整えたりできるはずもなかった。

そういった雑用はすべてお城坊主に頼るしかなく、実入りのいい者になると付け届けだけで、年に数百両からもらえた。

そんなお城坊主でさえ、態度を変えるほど井深の差し出した心付けは大きかった。

「どうぞ、こちらでお待ちを。刻限になりましたら、拙僧がお迎えに参じまする」

三枝一閒が数多い城中の部屋のなかで使われていない小部屋へ井深を案内し、茶まで用意してくれた。

「かたじけのうございまする」

井深が恐縮した。

「……金の力とは怖《おそ》ろしいものよ。直臣《じきしん》たらずとも城中でこれだけの扱いを受けられる」

三枝一閒がいなくなった後、井深は一人感心していた。

「金さえあれば、会津藩はもっと上にいける」

待つ時間はある。井深は一人で想像を膨らませていった。

「やはり分銅屋とのつきあいをどうにかせねばならぬな」

すでに御用商人からは借りるだけ借りている。とてもこれ以上は無理であった。

「高橋が、たしか諌山を四千石で抱えろと言われたと申しておったの」

腹立たしい高橋の顔を思い出した井深の頬がゆがんだ。

「これが二百石や三百石ならばまだしも、四千石はあり得ぬ」

分銅屋仁左衛門が出した条件である。呑《の》めば、分銅屋仁左衛門も御用金を出さなければならなくなる。

「分銅屋の身代は十万両という。その半分である五万両を差し出せたら、すぐには無理でも三十万石も夢ではない」

かつて会津藩の躍進に制限を掛けた水戸家が二十八万石しかないという理由はもうない。水戸家は高直《たかなお》しをして三十五万石となっている。実収がどうであろうが、公式にそうなっている以上、会津は三十四万石までならいけるはずであった。

「今が二十八万石と少し、もし六万石増えたならば、金にして年三万両の増収になる」

井深が皮算用をしていた。

「……井深さま」

「おおっ、どうぞ」

思ったよりも刻《とき》が過ぎていたと、井深が慌てた。

「そろそろお召しの刻限でございますれば、拙僧の後に」

「よしなに願いまする」

井深が三枝一聞に従った。

呼び出したからといって、陪臣を老中執務室の御用部屋付近まで通すわけにはいかない。

状況や主家の格などで変わるが、会津藩は一門扱いに近い譜代大名である。

井深は城中黒書院の廊下で、老中西尾隠岐守の登場を待った。

「……出ておるか」

さらに半刻待たされて、ようやく姿を現した西尾隠岐守は詫《わ》びを口にするどころか、井深がいるかどうかを最初に口にした。

「これに控えておりまする」

公式な会津藩への通達ならば、藩主あるいはその代理を書院のなかで引見する。そのときは、奏者番《そうじゃばん》が披露の一切をおこなうが、今回は非公式な前触れでしかない。担当するのは目付一人であった。

「うむ。直答《じきとう》を許す。松平家の家老職であるな」

「はっ。江戸家老の井深深右衛門でございまする」

西尾隠岐守の確認に、井深が床に額を押しつけたままで応えた。

「よろしかろう」

満足そうにうなずいた西尾隠岐守が、用件に入った。

「多用ゆえ、用件のみを伝える」

「はっ」

一層、井深が控えた。

「上様の思《おぼ》し召しにより、会津松平家にお手伝い普請を命じることになる」

「……なっ」

予想外のことに、井深が思わず顔をあげた。

「控えよ」

目付が井深を叱《しか》った。

「申しわけございませぬ」

井深が震えあがった。目付は大名にとって鬼より怖い。なにかあって井深一人で終われればいいが、咎《とが》めは確実に藩に及ぶ。

「正式には後日、肥後守《ひごのかみ》へ沙汰《さた》する。なにかあるか」

西尾隠岐守が目の前のことを気にせず、話した。

「なければ……」

「畏《おそ》れ入りまする」

これで終わると言いかけた西尾隠岐守に井深が重ねた。

「むっ……なんじゃ」

西尾隠岐守が不機嫌な顔で問うた。

「当会津藩松平家は溜の間詰めの格を頂戴《ちょうだい》いたしておりまする。溜の間詰めの大名に、お手伝い普請はお命じになられぬのが慣例では」

平伏したままで井深がなにかのまちがいだろうと言った。

「たしかに今まで溜の間詰め大名にお手伝い普請が命じられたことはない」

「だが、それは慣例であり、不文律ではない。今回、お手伝い普請を命じるにあたって、よく思案したところ、会津松平が適任となったのだ」

なかったことにしてくれと言おうとした井深を、無視して西尾隠岐守が告げた。

「御上《おかみ》の意向である」

「……はっ」

西尾隠岐守の止《とど》めに井深は反論をあきらめた。

「よいな。会津が忠義の家柄だというのを見せよ」

「畏れ入りまするが、あと一つだけ」

「手早くいたせ。余は忙しい」

西尾隠岐守が急《せ》かした。

「かねてよりお願いいたしておりました南山御領につきましては、どのように」

「それならば認められぬ」

問うた井深に、西尾隠岐守が短く答えた。

「それではっ……」

「目付」

まだ喰《く》い下がろうとした井深を面倒くさそうに見た西尾隠岐守が目付に合図を出した。

「控えよ。分をわきまえぬか」

目付が井深の肩を押さえた。

「ですがっ」

井深が抗《あらが》おうとした。

「下がれっ。それ以上は肥後守へ責を負わすぞ」

「……申しわけございませんでした」

西尾隠岐守に主君の名前を出された井深が、抵抗をやめた。

「陪臣の身で慣れぬ城中ということもあろう。この度は許す。以後気をつけよ」

会津藩に傷を付けるのはいろいろとまずいと西尾隠岐守が恩情をかけた。直接無礼を受けた西尾隠岐守が許したのだ。目付も咎めるわけにはいかなくなる。

「…………」

無言で井深が平伏した。

「……分をわきまえよ。いかに城中のことを知らぬ身分低き者とはいえ、御老中さまへの態度は論外である」

西尾隠岐守がいなくなるのを見てから、目付が井深に説教を喰らわせた。

「……」

だが、井深の耳にはなにも入っていなかった。

二

盗賊が入った翌日、分銅屋仁左衛門のもとに田沼意次がお忍びという体《てい》でやってきた。

「お声をかけてくだされば、こちらから伺いましたものを」

最上級の客間に田沼意次を通した分銅屋仁左衛門が、恐縮した。

「たまには、客から逃げてもよかろう。さすがに疲れる」

分銅屋仁左衛門が点《た》てた茶を喫しながら、田沼意次がため息を吐《つ》いた。

「お疲れでございますか」

「少しばかりな。なんといっても弱音を吐けぬのが辛《つら》い」

紀州から幕臣になったときは、まだ千石に満たぬ小納戸《こなんど》であった。それが、今や飛ぶ鳥を落とす勢いのお側御用取次《そばごようとりつぎ》で五千石、近いうちに大名へ出世、いずれは執政《しっせい》になると目されている。

「生意気な」

「成り上がりが」

言うまでもなく、譜代の者たちの評判は悪い。他人が出世するというのは、一つ立身の席がなくなるということでもある。

役人の出世には能力、家柄、上役の引きが要《い》る。そこにもう一つ、他人の足を引っ張るというのが加わった。

このすべてをそろえていないと、最後の最後で負ける。

およそ五人と定員が決められている老中に、田沼意次が入ると残る席は四つに減ってしまう。そうなる前に、譜代の者たちは田沼意次の芽を摘《つ》んでおきたいのだ。

「このていどのことで疲労しているようでは、とても政《まつりごと》は預けられぬ」

「武士は食わねど高楊枝《たかようじ》ではないが、疲れていても平然としているのが旗本の心意気というものではないか。弱音を口にするなど、旗本の風上にも置けぬ軟弱者ぞ」

悪口を言うだけならばただである。

しかも事実、田沼意次が疲労を口にしていては、悪口と断じられなくなってしまう。

「屋敷でも危ない。なにせ当家は禄高《ろくだか》が増えたばかりじゃ。新規召し抱えの者がおる。

先だっての勘定方《かんじようかた》の布川《ふかわ》のように、商家に飼われていた者もいる。他の大名家や役人の紐付《ひもつ》きが家中《かちゆう》に紛れこんでいないとは言えぬ」

田沼意次が首を左右に振った。

「その点、分銅屋ならば、余のことを漏らすまい」

「ご信頼をかたじけなく存じまする」

分銅屋仁左衛門が頭を下げた。

「もし、漏らせば分銅屋は消える。そうであろう」

口の端を田沼意次が少しだけ吊《つ》り上げた。

「……………」

無言で分銅屋仁左衛門は理解していると応じた。

分銅屋は江戸でも指折りの両替商で、金を貸している大名、旗本も多い。それこそ、町奉行所が潰《つぶ》そうと動いたところで、裏から手を回せばすんだ。

しかし、将軍の寵臣《ちようしん》を敵に回しては勝てなかった。田沼意次には最悪家重を使うという手段がある。いかに大名や旗本を金で縛っていようとも、将軍の指図となると逆らえない。

あっという間に分銅屋は身代《しんだい》を没取されて、分銅屋仁左衛門は江戸所払《ところばら》い、あるいは遠島《えんとう》に処せられてしまう。

無一文で江戸から引き離されては、いかに分銅屋仁左衛門でも、田沼意次へ復讐《ふくしゅう》することはできない。

寵臣というのは、今の身分で推し量ってはいけない相手であった。

「さて、用件に入ろう」

「はい」

息抜きをしたいとはいえ、いつまでも許されるものではない。いや、寵臣に休息はないといえる。絶えず、寵愛をくれる主君のために尽くすからこそ、寵臣は権力を許されているのだ。

田沼意次の言葉に、分銅屋仁左衛門が姿勢を正した。

「昨日、御用部屋で会津藩へお手伝い普請を命じてはどうかという決議が出され、決した」

「……………」

分銅屋仁左衛門は驚かなかった。

大名貸しをしている分銅屋仁左衛門のもとへ持ちこまれる借財の理由で、お手伝い普請は新田開発、移封《いほう》費用の捻出《ねんしゅつ》などと並んで珍しくはなかった。それこそ不作で金が足りぬよりも多いかも知れなかった。

「当たり前じゃといった顔をしておるな」

田沼意次が笑った。

「お大名さまが、御上のお手伝いで苦労なされているのは、見慣れておりまする」

「お手伝いで苦労と申すな。お手伝いは名誉なことである。なにせ、御上よりこの普請を任せても大丈夫だというご信頼の証《あかし》」

笑いながら田沼意次が、分銅屋仁左衛門を窘《なだ》めた。

「これはご無礼を申しました」

分銅屋仁左衛門は一応詫びた。

「さて、話を戻すが……会津藩はお手伝い普請を命じられない家柄であったのよ。彦《ひこ》根《ね》の井伊《いい》、高松《たかまつ》の松平などと同じでな。それを今回、無視してのお沙汰が下った」

「……会津さまにとっては、青天の霹靂《へきれき》だったと」

「そうじゃ。まさに頭を殴られた気分であろう」

田沼意次が分銅屋仁左衛門の発言を認めた。

「そなたのもとへ、会津から金を貸してくれとの話があったであろう」

「ございました。お断りをいたしましたが」

確かめた田沼意次に、分銅屋仁左衛門が首肯《しゆこう》した。

「理由は新田開発であったろう」

「はい。未開の地を開墾すればかなりの農地ができるゆえ、返済はまちがいないとも」

訊かれた分銅屋仁左衛門が首肯した。

「じつはの、かねてから会津藩は、御上よりお預かりしていた御蔵入領《おくらいり》五万石を、下賜《かし》していただきたいと願い出ていたのじゃ」

「御蔵入領といえば、御上が年貢を集められる直轄領……」

「そうじゃ。その御蔵入領を会津藩は初代以来ずっと預かっていた。最初は与えるという話であったらしいが、会津藩は二十三万石、そうでなくとも多いのに、さらに五万石はやりすぎだという意見が強かったようでな、領地に組みこむことはできなかった」

「はあ」

「わかっておらぬようだの」

はっきりしない返答をした分銅屋仁左衛門に、田沼意次が苦笑した。

「御蔵入領を預かるというのはな、そこの年貢も吾《わ》がものとしていいと同じなのだ」

「全部……」

「そうじゃ」

驚いた分銅屋仁左衛門に、田沼意次が首を縦に振った。

「それだけではないぞ。御蔵入領はあくまでもお預かりしているだけ。そこからどれだけ米が穫《と》れようとも、藩の表高《おもてだか》は増えない。つまり、そのぶんの軍役を果たさずともよいのだ」

「なんと、丸儲《まるもう》けではございませぬか」

目を大きくした分銅屋仁左衛門が続けた。

「金は入るが、出ていかない。こんなありがたいものはございません。ですが、そうだとして、腑《ふ》に落ちませぬ。石高を増やせば、軍役も増えましょう。なぜわざわざ実入りを減らすようなまねを」

分銅屋仁左衛門が首をかしげた。

「武士の矜持《きょうじ》、大名の面目というやつよ。実入りは減っても、二十三万石と二十八万石では、大名としての格が違う。それこそ、城中でどこに座を与えられるか、上様に拝謁を賜《たまわ》る順番が早まるとか……」

「一文にもならぬことに……」

聞いた分銅屋仁左衛門が唖然《あぜん》とした。

「商家には損をして得を取れということわざがございまする。これは、目の前の損得に囚《とら》われず、未来の儲けを見据えよというような意味でございますが……会津さまのは、損だけ。矜持で戦えますか。金がなければ、人も雇えぬ、矢弾《やだま》も買えぬ。それでどうやって戦《いくさ》に勝たれるおつもりか」

「たしかに、無駄な費《つい》えを排し、金を蓄えて、いざというときに遣う。それが正しいのだろうがな。戦がない。百年をこえて戦がないのだ。戦場で勝つ方法など、もう失伝しておる。今は、泰平のなかでどれだけ、家名をあげるかに、皆苦心惨憺《くしんさんたん》しておる」

「失礼ながら、御上に近い会津さまがこの有様ならば……もう、お武家さまは終わりでございまする」

分銅屋仁左衛門があきれを口にした。

「武士は戦う者。その本質を失い、民を圧するだけの者に成り下がってしまった。いや、民に知られてしまった。武士が弱いことを」

「………」

核心を指摘された田沼意次が沈黙した。

「長くはございませんよ」

「わかっている。いや、わかっておられた。ゆえに、吉宗さまは幕府を引き締められた。贅沢《ぜいたく》をせず、武を身につける。これこそ、幕府の寿命を延ばす唯一の手段であった」

田沼意次がため息を吐いた。

「ようやく武士が引き締まり、御上にも金は残った。だが、吉宗さまが隠居なさるとともにほころび始めた」

「一度覚えた贅沢は、忘れられません。それが人というものでございまする」

分銅屋仁左衛門が述べた。

「そうじゃ。大御所さまもすぐにおわかりになられた。だが、すでに御身《おんみ》は隠居なされておられる。そこで口出しをなされば、効果はあがろうとも、大御所さまが上様をないがしろになされたという事実は残る。上様が軽くなられてしまう。それはまちがいなく御上にとってよくない。いつ亡くなるかわからない隠居が出しゃばっては、当主のためにならない。大御所さまは、わかっておられながらご辛抱なされた」

「さぞやご無念であられましたことでしょう」

己《おのれ》が積みあげてきた結果が、ゆっくりと崩れていく。それをなすすべもなく見守るしかない。吉宗の悔しさを分銅屋仁左衛門が慮《おもんぱか》った。

「……一つお伺いしても」

一瞬の躊躇《ちゅうちょ》ののち、分銅屋仁左衛門が許可をもとめた。

「なんじゃ」

田沼意次が顎で促した。

「なぜ吉宗さまは、家重さまに将軍位をお譲りになられたのでございましょう。ご無礼ながら、他にも跡を継がれるお方はいらっしゃるでしょうに」

分銅屋仁左衛門が不思議だと思ったことを問うた。

「ふむ」

田沼意次が口の端を吊り上げた。

「まさに無礼千万な問いかけではあるが、ここには余とおぬししかおらぬので、よいとしよう」

先ほど疲れたを咎められた復讐だとわかる口調で、田沼意次が言った。

「家重さまはご英邁《えいまい》である。まず、ここをまちがえてはならぬ」

「はい」

分銅屋仁左衛門がうなずいた。

「ただ惜しむらくは、幼きおりに患《わずら》われたお病で、いささかお言葉が不自由になられた。そこをもって上様をないがしろにする者が多い。なにを言っておられるのかが、受取手にわからない。それだけで、上様を侮《あなど》る。愚か者どもはな」

ひとしきり今の役人、大名たちを罵《ののし》ってから、田沼意次が答えを述べた。

「たしかに大御所さまには、他にもお二方、男子があらせられる。お二方のお力を推し量るのは無礼なことながら、衆に優れたお方である。お言葉にもご不自由はない。では、なぜ大御所さまはお二方のいずれではなく、家重さまを選ばれたか。それは家重さまが嫡男《ちゃくなん》であらせられたからである」

「…………」

黙って分銅屋仁左衛門は聞き続けた。

「かつて御上には大きな筋目の問題が起こった。二代将軍秀忠さまが三代の座を嫡男の家光さまではなく、弟の忠長さまに譲られようとした」

「珍しいことではございませんが……」

商家では珍しいことではなかった。跡継ぎの長男が商いに向いていないとか、博打《ばくち》や女にはまってどうしようもないとかとなれば、あっさりと次男以降に家督を譲る。もちろん、長男には生涯困らないだけの手当はしてやる。

分銅屋仁左衛門は家光に十万石でも与えて、別家させれば問題はないだろうと考えた。

「それに神君《しんくん》家康さまが異を唱えられた。将軍家は継承で争うことを許さず、長幼に従うべしと仰せになり、三代将軍には家光さまがなられた。これが足かせになった」

「またもご無礼を承知で申しあげまするが、なぜ吉宗さまは、それを守られたのでございましょう。かならずや家重さまを侮り、倹約という武士本来の生きかたを崩そうとする者どもが出てくると、事実出て参りました。それを吉宗さまがお見逃しになるとは思えませぬ」

「……御上が割れるからよ」

苦渋の表情で田沼意次が答えた。

「神君家康公のご遺訓が理由になる。長幼の順で継承するのが徳川家の決まり、それを破られたのは、大御所さまの失策。そう言い出す者がかならず出てくる。大御所さまがご存命の間はよくとも、お亡くなりになられたならば、ただちにご廃嫡《はいちゃく》された家重を担いで、正統はここにありとな」

「家康さまのご遺訓となれば、逆らいようもございませんなあ」

分銅屋仁左衛門も嘆息《たんそく》した。

「現将軍、そして家重さまと御上は二つに割れる。そうなれば、大御所さまのなされた倹約は吹き飛ぶ。どちらも将軍という権威をめぐって、引くことなく争うのだ。金も遣うであろう、人事も狂うであろう。それこそ、大御所さまが御上を立て直されたより以前に、状況は戻ってしまう。下手《へた》をすれば、関ヶ原の合戦のような、天下を二分した争いにもなりかねぬ」

「それを吉宗さまは怖れられた」

「うむ」

田沼意次が大きく首を縦に振った。

「大御所さまは、少しの被害ならばと危惧を呑みこまれたのだ。そして、より御上の財政を強固にし、次に同じようなことがあっても耐えられるようにと、金を中心に置くべきだとのお考えにいたられた」

「金で動くような輩《やから》もあぶり出せますし」

小さく分銅屋仁左衛門が笑った。

「やはり、そなたは怖ろしい」

田沼意次が首を横に振った。

「さて、最初の話だが、会津藩はこれで追い詰められた。老中や側用人、大奥などに金を撒《ま》いて、なんとか御蔵入領下賜《かし》をと思っていたのが、逆手になった。今までの金は無駄になり、新たなお手伝い普請をする金がかかる」

「お手伝い普請でございますか」

分銅屋仁左衛門が口を挟んだ。

「……そうだ。お手伝い普請の金だ。お手伝い普請には金がかかるからの。ひょっとすればお手伝い普請を避けるために、動き回る金かも知れぬが……」

「………」

頬をゆがめながら言った田沼意次に、分銅屋仁左衛門が黙った。

「……またぞろわたしどもの店へお出《い》でになると」

「他にあてがあれば、別だがな」

田沼意次が淡々と言った。

「で、わたくしはいかがいたせば」

「商売には口を出さぬ、余は。儲かると思えば貸せばよし、気に喰わぬとはねつけるもよし。それはそなた次第である」

対応を尋ねた分銅屋仁左衛門に田沼意次が告げた。

三

藩邸にどうやって戻ったかさえ、井深はわからなかった。

「……ご家老さま、いかがなさいました」

御用部屋へ戻って来るなり、力なく座った井深に、用人が問うた。

「………」

「ご家老さま」

反応しない井深に、用人が焦った。

「御免」

用人が井深の肩に触れて、揺さぶった。

「……山下《やました》か……」

揺すられた井深が、ゆっくりと用人を見た。

「ご城中でなにかございましたか」

「……城中、そうじゃ」

井深が身体《からだ》を跳ねさせた。

「大事である。勘定奉行をこれに呼べ」

「ただちに」

井深の様子からただごとではないと悟った山下と呼ばれた用人が走っていった。

「……なにか御用でございましょうか」

勘定奉行が山下に連れられて、御用部屋に顔を出した。

「座れ。山下、そなたも同席いたせ。他聞をはばかる。近づけ」

「はっ」

「承知いたしましてございまする」

指示に二人が近づいた。

「……本日、御老中西尾隠岐守さまよりのお呼び出しを受けたことは、皆も承知いたしておろう」

一度大きく息を吸ってから、井深が二人に確かめた。

「存じおりまする」

「伺っておりまする」

二人が首肯した。

「その場で……」

言いかけた井深が、唇を嚙《か》んで無念さを表した。

「……西尾隠岐守さまは、当家にお手伝い普請を命じると仰せられた」

「なっ……」

「あり得ぬ」

井深の言葉に、山下と勘定奉行が絶句した。

「ご家老さま、当家は溜の間詰め、お手伝い普請はなさぬ決まりでございまする」

最初に勘定奉行が吾《われ》に返った。

「儂《わし》もそう抗弁した。されば、隠岐守さまは、それは慣例でしかなく、明文化されたものではない。会津が忠義の家というならば、率先してお手伝い普請をなしてこそであろうと」

「…………」

聞かされた勘定奉行が言葉を失った。

「金はあるか」

「あろうはずはございませぬ」

勘定奉行が首を左右に振った。

「二十三万石がいたすお手伝い普請となれば、どのくらいの金額となりましょう」

やったことがないのだ。予想さえつかない。用人が問うた。

「わからぬ」

「想像もつきませぬ」

井深と勘定奉行が困惑した。

「上杉《うえすぎ》家にでも問い合わせましょうか。上杉はお手伝い普請をよくいたしておりますれば」

関ヶ原の合戦の原因となったことで上杉は徳川から嫌われている。そのためか、嫌がらせのようにお手伝い普請をさせられていた。

「いや、まだ決まったわけではない。他家に報《しら》せるわけにはいかぬ」

勘定奉行の提案を井深が止めた。

「決まっていないとは……」

「お内示であったからじゃ。正式な通達であれば、お手伝い普請にかかわる作事《さくじ》奉行、普請奉行、勘定奉行、そして形だけとはいえ大目付も同席するはずじゃ。それがなく、隠岐守さまと目付だけであった」

井深が述べた。

「では、お手伝い普請をせずともよくなると」

勘定奉行の顔色が一気によくなった。

「まだわからぬ。これから要職の方々にお目にかかり、お願いするしかない」

「どなたさまに」

山下が訊《き》いた。

「まずは水戸家を除いた御三家方、続けて加賀さま、そして彦根の井伊さまだ」

井深が口にしたのは、どれも徳川家に近く、執政たちにも影響を与えるだけの力を持つ名門であった。

「とくに加賀さまと井伊さまじゃ。加賀さまは当家と何度も婚姻を交わした近い縁筋、井伊さまは溜の間詰めとしておつきあいをいただいておる」

「それは良案。当家にお手伝い普請をとなれば、井伊さまも他人事《ひとごと》ではなくなりまする。きっと動いてくださいましょう」

山下が手を打った。

「とはいえ、手ぶらではいけぬ」

井深が勘定奉行を見た。

「いかほどでございましょう」

「加賀さまと井伊さまは、形だけでよかろう。銘刀一振りずつと白絹十反、名馬一頭もあれば形にはなるはずだ」

嫌そうな顔をしながら訊いた勘定奉行に、井深が告げた。

「……それくらいならば」

勘定奉行が安堵《あんど》した。

「これはつきあいがあるお二方だからじゃ。御三家の尾張《おわり》さま、紀伊《きい》さまはそれではすまぬぞ」

「いかほど」

ふたたび勘定奉行が尋ねた。

「まずは千両」

「せ、千両……二家で二千両」

勘定奉行が目を剝《む》いた。

「まだまだぞ。他にご老中方にもお願いせねばならぬ。なんといってもお側御用人の大岡出雲守さまと田沼主殿頭《とのものかみ》さまには念入りにせねばならぬ」

「出雲守さまは、すべての音物《いんもつ》をお断りになられるそうでございまする」

世事にも詳しい用人山下が首を横に振った。

「となれば、主殿頭さまか。あのお方は金を惜しまなければ、動いてくださるとの評判じゃ。とりあえず、千両を用意いたせ」

「……はい」

やむを得ないことだと勘定奉行が頭を垂れた。

「ですが、今江戸にある金を全部集めても千数百両しかございませぬ。主殿頭さまのぶんは工面できましても、他が……」

「借りるしかあるまい」

「もう、江戸では貸してくれるところはございませぬ」

井深の意見に勘定奉行が泣きそうな顔をした。

「国元では……間に合わぬか」

早馬を飛ばしたところで、会津までは二日はかかる。その後、城下の御用商人あるいは領内の豪農に話を持っていったところで、交渉だけで十日やそこらはかかる。城下でももう借りられるだけ借りているのだ。たとえ、うまくいったところで、金を江戸へ運ぶのに三日はいる。とても正式な発表までに、裏工作ができる日限には届かなかった。

「むううう」

井深も手詰まりになった。

山下が表情を引き締めながら声をかけた。

「ご家老さま」

「いい手でもあるのか」

「ご拝領のものを一時預ける形で……」

「馬鹿を申すな。ご拝領ものを形《かた》に金を借りたなどと知れてみよ。当家の名前は地に墜《お》ちるぞ」

山下の提案を井深が一蹴《いっしゅう》した。

拝領ものとは、将軍や大御所から与えられたもののことである。太刀や葵《あおい》の紋入りの衣服、茶道具、絵画、書跡など多岐にわたる。

三代将軍家光の寵愛を受けた保科正之以降、会津藩には多くの拝領ものがあった。

拝領ものは、下賜してくれた将軍の分身として扱われる。刀をもらったからといって、差し料にするなど論外であった。もし、遣っている最中にどこかにぶつけ、傷の一つでも付けた日には、厳しい咎めが来る。

また拝領ものは幕府のもとに記録が残され、諸国巡検使や目付などがときどき、無事かどうかを確かめに来た。

「売り払っただと」

「借財の形として、町人ごときに預けているなど……」

傷を付けただけで藩主は謹慎、拝領ものは召しあげになる。売ったり、借金の形にしたなどといえば、まず藩は潰される。こればかりは会津藩といえども変わらなかった。せいぜい、名門を惜しんで遠縁の者に数万石で継承が認められるていどでしかない。

「……ですが」

「わかっておる。だが、それはならぬのだ」

他に方法はないだろうと言おうとした山下を、井深が制した。

「…………」

山下が沈黙した。

「とりあえず、三千両あればいいな」

井深が勘定奉行に確認した。

「それだけあれば……ですが、あてはございませぬ」

認めかけた勘定奉行が、肩を落とした。

勘定奉行の役割は、収入と支出を管理することである。当然、金が足りないときの金策も勘定奉行の役目であった。いや、今や金策ができるかどうかで、勘定奉行になれるかどうかが決まるといっても過言ではなかった。

「やむを得ぬ。高橋の申していた浅草の両替商分銅屋に命じるとしよう」

井深が決断した。

「よろしいのでございますか。分銅屋と高橋は因縁がございまする。高橋が分銅屋に無理を仕掛け、たいそう怒らせたと。そのため高橋が咎めを受けることになったのでは」

山下が井深を止めた。

「わかっておる。わかっておるが……他に手立てがあるか。高橋のことはしっかりと詫びを入れ、ていねいに頼みこむ。十万両の財を持つという分銅屋だ。三千両くらいならば、どうということはあるまい」

井深が甘い推測をした。

「とはいえ、一応国元でどうにかできぬか問うてみねばなるまい。急を要するとはいえ、借財を江戸屋敷だけで判断するのは、問題になりかねぬ」

どこの藩でも金の苦労はしている。藩すべての勘定を仕切っているのは、国元の勘定奉行であり、江戸家老といえども勝手な金策は慎まなければならなかった。

「そのような借財、承知いたしておりませぬ。返済はそちらでお願いいたしまする」

国元の勘定奉行がへそを曲げると、江戸屋敷で借財を負担しなければならなくなる。

「早馬を出せ。国元で金の用意ができるか、できないかを確認しなければならぬ」

「ただちに」

用人の山下が走っていった。

「その結果を聞いてからになるが、高橋のこともある。分銅屋との仲を修復できるかどうかも含めて、一度様子を窺《うかが》うのも要りようであろう」

井深が少し計算をした。

「……十日もあれば、早馬は帰ってくるな。誰ぞ、使者を出せ。来月の四日朝、五つ（午前八時ごろ）に儂が出向くと」

先触れなしの訪問は無礼になる。ましてや金を借りたいのだ。辞を低くするのは当然であった。

会津藩の使者が到着したのは、そろそろ店を閉めようかという刻限であった。

「承《うけたまわ》りましてございまする」

あっさりと分銅屋仁左衛門は井深の来訪を認めた。

「……拙者《せっしゃ》への気遣いならば、ご無用に願いたい」

左馬介が申しわけなさそうにした。

諫山家はもともと会津藩士であり、父の代に浪人したが、母方の実家迫水《さこみず》はまだ続いている。当主となった叔父《おじ》はもちろん、母方の祖父祖母の顔さえ知らない左馬介に思い入れはなかった。

「ふふふ、相変わらずいい人ですなあ」

分銅屋仁左衛門が微笑《ほほえ》んだ。

「いい人ならば、母の実家のために手を貸してくれと頼むと思うが……」

左馬介が怪訝《けげん》な顔をした。

「身内びいきは、いい人の条件から外れますよ」

「そういうものか」

「はい」

満足そうに分銅屋仁左衛門がうなずいた。

「しかし、会津もよく来られるものだ」

厚かましいと左馬介が憤慨した。

「切羽詰まっておられるのでしょうなあ。よほどお手伝い普請は避けたいのでしょう」

「お手伝い普請とはそんなに金のかかるものなのか」

左馬介が首をかしげた。

人足や大工、左官の下働きをしてきた左馬介ではあったが、お手伝い普請にはかかわったことがなかった。

由比正雪《ゆいしょうせつ》が浪人をかたらって起こした慶安《けいあん》の変以来、幕府は浪人を警戒し続けている。浪人をお手伝い普請に携わらせることを幕府は極端に警戒した。

「江戸城修復」

「寛永寺修繕」

どちらも幕府にとっては、最重要のものになる。そこに胡乱《うろん》な正体さえはっきりしない浪人が出入りするなどとんでもない。

いや、場合によっては、爆薬を仕掛けたり、なにかしらの罠《わな》を埋めこんだりするかも知れないのだ。

「概《おおむ》ね一万石につき、五百両ほどだといいますがね」

「となると、会津は二十三万石であるから……一万二千両近くかかると」

分銅屋の答えから割り出した左馬介が驚いた。

「二十三万石で年間の収入が十二万両ほど。そこから家中の方々への禄《ろく》や扶持《ふち》を除いて、藩として遣えるのが、おおよそ三万六千両。一万二千両は出せない金額ではありませんが、残りで国元と江戸屋敷を維持し、回していくのは難しいでしょうなあ」

「できないわけではない」

「その辺は、御上も考えておられますからねえ。大名を圧しすぎて、謀叛《むほん》を起こされてはたまりません。まさにぎりぎり我慢できるところ」

「はあ」

笑いを含んだ分銅屋仁左衛門に、左馬介が嘆息した。

「御上というのは、生かさず、殺さずでございますから」

分銅屋仁左衛門が笑いを消した。

「商家は大丈夫なのか」

「大丈夫なわけございませんな。御上にしてみれば、年貢も納めず、利をむさぼるだけの商人など人扱いさえ不要な連中。やりすぎたと思えば、遠慮なく潰しにかかります」

疑問を呈した左馬介に、分銅屋仁左衛門が告げた。

「だからといって、なにもなしでは世間が納得するまい」

儲けすぎたなど、罪とも言えない。儲けがなければ、誰も商人などしない。そしてものの売り買いができなければ、武士も困る。集めた年貢の米が売れなければ、他のものを買うことさえできなくなる。

「そういったときに便利なのが、倹約令でございますよ。絹ものを身に着けるな、澄み酒は呑むな。食事は一汁一菜にしろ。これだけで、いくつもの商家を潰せます」

「絹ものは呉服屋、澄み酒は酒屋と料理屋、遊郭も入るな。食事なんぞ言い出せば、それこそ長屋の住人でさえ、ひっかかる」

聞いた左馬介があきれた。

「倹約令は、武家の奢侈《しゃし》を抑えるためではなく、商家を潰すために出されているのでございますよ。財を一万両以上持っている豪商は江戸に何十とあります。それらを潰すだけで、幕府はその財を没収できる。百万両くらいならば、あっという間で。御上を信用してはいけません。たとえそれが、田沼さまでも。今はまだ田沼さまは御上ではないですが、いつか政を握られるでしょう。そうなったときは、警戒しなければならなくなるでしょうよ」

分銅屋仁左衛門が凍りつくような口調で述べた。

四

江戸から会津まではおよそ七十里（約二百八十キロメートル）ある。歩けば六日前後、早馬だと二日ほどで着く。もっともそれは馬を乗り潰すつもりで走らせた場合で、通常なら三日はかかる。

「江戸藩邸よりの急使でござる。乗りうち御免そうらえ」

早馬に渡される鑑札を右手で示しながら、使者が城の大手門を通過した。

「……江戸からの早馬だと」

御用部屋で執務をしていた国家老筆頭北原采女《きたはらうねめ》が怪訝な顔をした。

「連れて参れ」

さすがに夜は休むとはいえ、明るいうちはずっと騎乗している。早馬の急使は疲労困憊《こんぱい》といった風で、藩士の肩にすがりながら御用部屋まで来た。

「こ、これを」

背中にくくりつけていた荷物から、急使が書状を取り出した。

「ご苦労であった。下がって休め」

北原采女が急使をねぎらった。

「…………」

厳重に包んである油紙を剝《は》がした北原采女が、書状に目を落とした。

「……なんということ」

北原采女が絶句した。

「いかがなされました。江戸はなにを」

次席家老田中玄興《たなかはるおき》が北原采女の様子に驚いた。

「……見ろ」

北原采女が田中玄興に書状を渡した。

「拝見……なんだとっ」

読んだ田中玄興も驚愕《きょうがく》の声を出した。

「お、お手伝い普請など……」

「あり得ぬ。あってはならぬ。当家は藩祖保科肥後守さま以来、格別の家柄として遇されてきた。直系とは言わぬが、将軍家にもっとも近い血筋として……それがただの臣下と同じようにお手伝い普請を命じられるなど……」

北原采女が興奮した。

「さようでございまする。当家が……」

田中玄興も拳《こぶし》を震わせた。

「江戸屋敷でもお手伝い普請を避けるべきだと申しておる」

「はい。ですが、それには三千両ほどの金が要ると」

北原采女と田中玄興が顔を見合わせた。

「いくらある」

「勘定奉行に問いましょう。呼んで参れ。なにをおいても来いと厳命せい」

問われた田中玄興が、御用部屋の手伝いをするために控えている右筆《ゆうひつ》に命じた。

「ただちに」

右筆が飛び出していった。

「急なお召しだそうでございますが……」

御用部屋と勘定所は近い。すぐに勘定奉行が駆けつけた。

「市川《いちかわ》、まずはこれを見よ」

話すより早いと北原采女が、書状を投げるように渡した。

「御免……ば、馬鹿なっ」

市川と呼ばれた勘定奉行が、執政の前というのも忘れて、大声をあげた。

「偽りではないぞ」

「ですが……」

「ここで文句を言っても江戸には聞こえん」

頭に血がのぼってしまった市川を北原采女が突き放した。

「……」

市川が呆然《ぼうぜん》と北原を見た。

「今は文句を言うより、対処が先だ。今、金蔵にどれだけの金がある」

「一千五百両と少しございますが、これは城下の商人に支払うものでございまする」

訊かれた市川が答えた。

「商人どもは待たせよ」

「もうすでに支払いの期日は過ぎておりまする。これ以上遅らせるわけには……」

指示に市川が無理だと首を横に振った。

「商人など、後でどうにでもなる。士分にでもしてやればいい」

「……」

険しい北原采女に、市川が黙った。これ以上の抗弁は無駄だと悟ったのだ。

「あと一千五百両か……」

「もう、藩にはございませぬ」

市川が先回りした。

「あれはどうだ」

「……南山御領のあれでございますか」

田中玄興が難しい顔をした。

「わたくしは、金の用意をいたして参りまする」

これ以上かかわるのはまずいと市川が逃げ出そうとした。

「待て。そなたもそろそろ知っておいたほうがよかろう。勘定方を仕切る者としてな」

「……はい」

巻きこまれた市川が頭を垂れた。

「南山御領で銅が出た」

「なっ……それは真《まこと》でございまするか」

北原采女の言葉に市川が目を剝いた。

「ああ。ただ、見立てではさほどの量は見こめまいとのことだ」

「それは残念でございまする」

鉱物が出れば、藩の財政は一気に好転する。期待した市川がため息を吐《つ》いた。

「いや、それでいい。少量だからこそよいのだ」

「……………」

「わからぬか」

言いたいことがわからないとの風を見せる市川に、北原采女が苦笑した。

「大量に出るようであれば、鉱山の開発も大がかりになる。そうなれば、隠せぬであろう」

「隠せぬ……」

「まだわからぬのか。南山御領は当家のものではない、御上のものだ。今は預かっているだけ。もし、その南山御領で銅が大量に出るとなれば御上が黙ってはおるまい」

「あっ」

ようやく市川が理解した。

預かっているものは、いつでも取り返される。しかも相手が幕府となれば、会津藩といえども逆らえない。

「代わりに飛び地を預ける」

「二万石加増してくれる」

わずかばかりの慰め料で南山御領は幕府に返還されることになる。

「取りあげられてははたまらぬだろう」

「…………」

市川は返事をしなかった。認めれば幕府を裏切ることになり、否定すれば命が危ない。

「隠しているおかげで銅は手に入っているが、表に出せぬため使いにくい」

「たしかに」

堂々と会津藩の特産として銅を売り買いはできない。市川も首肯した。

「ゆえになんとか南山御領を下賜願おうとしたのだ」

「それで……」

市川が納得した。

「負担になるだけだと懸念しておりましたが、銅が出るとあればなんとしてもいただきたいものでございまする」

今まで表高が増えれば、軍役が増えると反対していた市川が、掌《てのひら》を返した。

「であろう。しかし、それはならず。それどころかお手伝い普請じゃ」

北原采女が力なく首を横に振った。

「失礼ながら、いつ銅は見つかったのでございましょう」

「あれは……もう八年ほども前か」

市川の質問に少し考えて北原采女が答えた。

「八年……では、その八年分の銅はどこに」

勘定方として当然の質問を市川がした。

「ほとんどは粗銅《そどう》のまま隠してある」

「……ほとんどでございますか。残りは」

さらに市川が訊いた。

「銭にした」

「売られたのでございますか。ならば、その売り上げはどこに。まさか私腹されたのではございますまいな」

金のこととなると勘定方は厳しい。市川が北原采女を怖れることなく言った。

「無礼を申すな。一文たりとても私腹などしておらぬ」

北原采女が怒った。

「ではどこに」

厳しく市川が追及した。

「試してみたのよ」

「……試した」

わけがわからないと市川が首をかしげた。

「銭を造った」

「はあ」

北原采女の発言に市川が唖然とした。

「銅を前にどうするかと考えていたとき、鉄炮方《てっぽうかた》の者が、弾《たま》を造るように銭ができればよろしいのにと申したのでな」

鉄炮の弾は鉛を熔《と》かし、あらかじめ用意していた型に流しこんで造る。

「そこでな、砂型に銭を押しつけ、そこへ銅を流しこんで……」

「まさか、偽金《にせがね》を」

偽金造りは重罪である。市川が蒼白《そうはく》になった。

「御上が造られたものではないわ。もっと古いものを型にした。これならば咎められまい」

北原采女が慌てて首を左右に振った。

世間に流通している銭には、幕府が銭座《ぜにざ》で造らせているものだけでなく、はるか大和《やま》和《と》のころに朝廷が造ったもの、宋《そう》や明《みん》などの外国から持ちこまれたものなどがあった。

「遣えたのでございますか」

市川が尋ねた。

「遣えたようじゃ。鐚《びた》扱いじゃがな」

鐚銭《びたせん》とは現在主流の四文銭ではなく、その形の悪さ、浮き出るはずの文字の鮮明さ、端が欠けてるなどの悪銭《あくせん》で、その状態で一文、二文などと価値が変化した。

「国元でそのようなものが流通しているとは、ついぞ存じませんでした」

市川があきれた顔で北原采女を見た。

「いや、国元では遣っておらぬ。国元で噂《うわさ》になれば、ほれ、今は国目付どのがおられるだろう。どこかで噂が聞こえてはまずい」

北原采女が否定した。

国目付とは、跡を継いだ藩主が若いとか病弱とかで政が十分にできないときに、重臣たちを見張り、藩政を円滑におこなうよう幕府が送りこむ旗本であった。

第四代藩主容貞《かたさだ》が二十七歳の若さで急死、跡を継いだ嫡男亀之助《かめのすけ》がまだ六歳と幼すぎるために、会津藩は国目付の派遣を受けていた。

「……では、金はどこで」

「江戸じゃ。江戸ならば鐚銭が見つかっても、当家から出たものだとは思うまい」

「どのくらいお遣いに」

「数人に持たせたくらいじゃ。合わせても十貫文ほどであろう」

「十貫文……」

市川が目を閉じた。

一貫文は銭千枚である。四貫で一両になった。

「枚数で一万枚といえば多いですが、金額は二両二分ほど。それくらいならば目立つことはございますまい」

さっと勘定した市川が安堵《あんど》した。

「それですべてでございまするか」

「…………」

「ご家老さま」

黙った北原采女を市川が咎めるような声を出した。

「銭は重くての。儂《わし》の屋敷に残りは置いてある」

しぶしぶ北原采女が告げた。

「結構でございまする」

市川が安堵した。

「国目付さまは、今のところなにもお口出しはなさいませんが、いつ蔵をあらためると言われるかもわかりませぬ。城中にては危のうござる」

藩庫に多くの鐚銭があってはおかしい。

「そうであるな」

北原采女もほっとした。

「とりあえず、これ以上はなさいますな」

「わかっておる。銅の使い道を模索する過程で、思いついたことをしたまでじゃ。もう、型も崩したし、炉も壊している」

釘《くぎ》を刺した市川に、北原采女がうなずいた。

「このことは江戸に」

「いや、報せてはおらぬ。知っているのは、儂から銭を受け取った者だけじゃ」

市川の詰問に北原采女が報せていないと答えた。

「その遣った者どもは」

「もう、国元へ戻っている」

「城下に」

「郷中《ごうちゅう》へ出しましょう。国目付さまから離さねばなりませぬ」

「おる」

遠くへ赴任させろと市川が要求した。

「わかった。すぐにも手配する」

北原采女が首を縦に振った。

「ところで、御蔵にある残《ざん》はいかほどございまするや」

「あと二千ほどか」

「一両にも足りませぬな」

市川が大きく嘆息した。

「となれば、足りぬ一千五百両を江戸で工面させるか」

「いえ。この一千五百両は、どうしても支払いに充《あ》てたく存じまする。支払うことで商人たちの信用を取り戻し、嫌な言いかたですが機嫌を取り結び、次の借財をしやすくなりまする」

「しかしだな……」

「今後借財は一切なさらぬとお約束いただけるならば、従いまする」

「むうう」

弱みを握られたというわけではないが、北原采女は強く出てきた市川に押されていた。

「藩はこれからもあるのでございまする。会津百年のことをお考えになるならば、なんとかして金を手当てできるようにしておかねばなりませぬ。今、この金を江戸に送ってしまえば、二度と城下の商人は金を貸してくれなくなりましょう。下手をすると御用商人の看板を返してくることもあり得まする」

「まさか、御用商人の名誉を捨てるとは思えぬ」

御用商人というだけで、会津城下では一目置かれる。商売もしやすい。北原采女が、それはないだろうと述べた。

「ご家老さま。御用商人とはいえ、家臣ではございませぬ。忠義を持っておらぬとは申しませぬが、身は切りませぬ。商人は儲けなければ生きていけぬのでございまする」

「藩が潰れれば、御用商人もそれまでであろう」

市川の意見に北原采女が反論した。

「そうなれば、新たな藩にすり寄るだけでございまする。商人とはそういったもの」

「…………」

北原采女が沈黙した。

「今回の金は、なんとか江戸で工面を願いまする」

「田中……」

「いたしかたございませぬ。井深に働いてもらいましょう」

次席家老の援軍を求めた北原采女だったが、あっさりと拒まれた。

「わかった。そのように返事をしよう」

北原采女があきらめた。

「それとご家老さま」

筆を取った北原采女に市川が語りかけてきた。

「なんじゃ。これ以上の面倒は要らぬぞ」

北原采女が嫌そうに眉間《みけん》にしわを寄せた。

「いえ、江戸屋敷へ命じていただきたいのでございまする」

「なにを命じるのだ」

筆を止めて北原采女が問うた。

「三千両ではなく、一万両借りてくれと」

「い、一万両……無理だろう」

市川の要求に北原采女が啞然とした。

「できれば二万両借りてもらいたいところでございますが……」

「無茶を申すな。江戸屋敷もすでにかなりの借財をいたしておるぞ」

北原采女が無理だと首を横に振った。

「国元よりも借りやすいはずでございまする。国元は一昨年の一揆《いっき》で領民どもの心がかなり離れてしまいましてございまする。江戸ならば、まだ当家の内情などを知らぬ者もおりましょう」

国元の勘定を一手に預かる市川は、城下の商人、郷中の庄屋、大百姓の状況をよく知っている。

そもそも一揆が起こるというのは、よほどのことなのだ。一揆を起こした首謀者は、藩としては見逃せない。百姓たちの年貢減免の願いを受け入れても、首謀者は許さない。許せば、また訴える者が出てしまうからだ。

どこの藩でも一揆の首謀者は、見せしめのために死罪になった。

それをわかっていても一揆を起こした。そこまで領民たちは追いこまれていたのだ。

市川は今後国元での金策はまず無理だと読んでいた。

「なんとか金を用意して、南山御領を下賜していただきましょう。表立って開発できるようになれば、隠匿《いんとく》してある銅も使えまするし、うまくいけば大きな鉱脈に繋《つな》がるかも知れませぬ。そうなれば、藩は持ち直しまする。いや、発展いたしましょう」

「……わかった」

市川の熱気に北原采女が折れた。

第五章　武の衰退

一

分銅屋の店に布屋の親分の手下が、顔を出した。

「なんぞ、ございませんか」

「ご苦労さまです。なにもございません」

番頭が腰をあげて、一礼する。

盗賊騒ぎのとき、分銅屋仁左衛門に嫌味を言われた布屋の親分が、日に二度、朝と夕方に手下を寄こすようになっていた。

「では、御免を」

布屋の親分から懇々《こんこん》と言われている手下もていねいに応じて、分銅屋を出る。そのときに辺りを睥睨《へいげい》していくのだ。

「ちっ、ありゃあ十手《じって》持ちだ」

地元の無頼《ぶらい》や盗賊たちは、御用聞きはもちろん下っ引きの顔も知っている。それが何度も出入りするとなれば、近づくことはなくなる。

布屋の親分にしてみれば、さほどの手間ではない。それで金主《きんしゅ》の機嫌を取れるなら安いともいえるが、それを知った他の店も同じ要求をし出したら、かなりの負担になる。とはいえ、縄張りを維持していくにはしかたのないことであった。

「御免、会津藩の者であるが」

下っ引きと入れ替わりに、会津藩の藩士が現れた。

「お待ちをいたしておりました。どうぞ、奥へ」

先触れを受けているだけに、番頭の対応も流れるようであった。

「警固の者も同席させてよいか」

「どうぞ、お一人でお願いをいたしまする。なにぶんにもお屋敷と違い、狭いものでございまして」

井深の求めに、番頭が条件を付けた。

「わかった。尾花沢《おばなざわ》、そなたが供をいたせ。その他の者は……」

「別室へご案内いたしまする」

問うような井深に、供待ちがあると番頭が首肯《しゅこう》した。

「では、どうぞ」

番頭が先に立った。

案内したのは、最奥にある上級の客間であった。

「すぐに主《あるじ》が参りまする」

番頭が下がった。

「なかなかの調度であるな」

上座に腰を下ろした井深が、置かれている調度品に感心した。

「大名貸しが金になるのも当たり前か。なにもせず、金を貸すだけで利を受け取るのだからな」

井深が不満を口にした。

大名貸しは、貸してくれる商家とのつきあいや、担保として差し出すものによって、金利が変わる。それこそ年に三分、百両借りて一年後百三十両返すという高利のものから、半分《はんぶ》と呼ばれる百両借りて百五両ですむという低利のものまであった。

「武士にしてくれる」

なかには涙ほどの扶持米《ふちまい》あるいは知行《ちぎょう》を与え、武士にする代わりに金利なしというのもある。

とはいえ、武士の身分なんぞ、一つの大名家がくれれば、それ以上は不要である。小藩では、藩士の娘を商人に嫁がせて、その見返りに融資を受けているところもあるが、さすがに会津藩ほどになると外聞があってできない。

名門の悩みというやつであった。

そのため会津藩は、大名貸しを世間並みの一分で借りている。百両が一年で百十両になる。十年で元金が倍になるが、高利というほどではない。だが、金額が大きくなれば、その利は大きい。一万両ならば千両、十万両であれば一万両となるのだ。

「お貸しするためのお金は、地面を掘っても出て参りませんが」

井深の不満をしっかりと分銅屋仁左衛門は聞いていた。

「なっ」

「当家の主、分銅屋仁左衛門でございまする。ご用件をお伺いしようと思いましたが、無用でございました。どうぞ、お帰りを」

分銅屋仁左衛門が冷たい顔で告げた。

「そ、そうではない。そういうつもりで言ったのではない」

井深が慌てた。

「どういうおつもりだったのか、是非お聞かせいただきましょう」

「すまぬ。許してくれ。つい、口が滑った」

ぐっと睨《にら》みつけた分銅屋仁左衛門に井深が詫《わ》びた。

「ご家老さま、このような者に……」

警固の尾花沢が右手に置いていた太刀《たち》を摑《つか》んだ。

「やめよ。さっさと太刀を置け」

井深が尾花沢を叱《しか》りつけた。

「ですが、あまりの」

「ならぬ。ええい、下がれ」

まだ納得していない尾花沢に井深は手を振った。

「不要でございますよ。そのていどのお方など怖いとも思いませぬので。その代わり、わたくしも一人呼ばせていただきまする。諫山さま」

「おう」

襖《ふすま》の陰に控えていた左馬介が、分銅屋仁左衛門の呼びかけに応じて姿を見せた。

「浪人者を同席させるなど、無礼千万」

尾花沢がまたも怒った。

「お話ができませんゆえ」

分銅屋仁左衛門が井深を見た。

「尾花沢、両刀を廊下に投げよ」

「なにを仰せられまする」

尾花沢が愕然《がくぜん》とした。

警固が無手《むて》になっては役に立たない。いや、その前に武士としての象徴である両刀を捨てるなどとても許容できることではない。

「できずば、黙っておれ。次はない」

井深が釘《くぎ》を刺した。

「……はい」

尾花沢が頭を垂れた。

「すまぬ。やり直しをさせてくれ。まず、最初に儂《わし》の口から出たことを取り消させてくれ」

「聞いてしまったものを消せませんよ」

なかったことにして欲しいと願った井深に、分銅屋仁左衛門が首を横に振った。

「では、どうすれば」

「謝っていただきましょう」

分銅屋仁左衛門が要求した。

「すまなかった」

今度はしっかりと井深が頭を下げた。

「たしかに謝罪を受け取りましてございまする。で、本日のご用件は」

うなずいた分銅屋仁左衛門が促した。

「続けての謝罪になるが、当家の高橋が恥知らずなまねをいたした。あやつは当家から放逐《ほうちく》したが、その前のできごとである。藩を代表して詫びる」

もう一度井深が謝った。

「さすがにあれを頭一つ下げていただいたからといって許すわけには参りませんな」

「どうすればいい」

井深が素直に問うた。

「今後一切会津さまと、あの高橋某は関係ないことを保証していただきたく」

「そんなことでいいのか」

分銅屋仁左衛門の求めに井深が怪訝《けげん》な顔をした。

「はい。それで結構でございますよ」

「今書こう。尾花沢、筆を」

「…………」

言われた尾花沢が矢立《やたて》を差し出した。

墨壺《すみつぼ》といわれる膨らんだ部分と短い筆を納める矢立は、携帯できる墨と硯《すずり》と筆のようなものである。墨壺には乾いた墨が張りついており、それを唾液《だえき》で湿らせた筆先でふやかすことで字を書く。

「……これでよいか」

「お名前の後に、花押《かおう》をいただきますよう」

分銅屋仁左衛門が抜けていると指摘した。

花押とは、名前や座右の銘を独特の形に崩したもので、それを名前の下に入れることで、直筆との証明になった。

「……きさまっ、もう許せぬ」

商人が武士に花押を強請《ねだ》るなど、信用していないと宣言したも同然である。ついに尾花沢が激発した。

「無礼者が」

「あっ」

井深が押さえようと手を伸ばすより早く、尾花沢が太刀を左手に持ち替えて、抜き撃った。

「…………」

「ぬん」

悠然としている分銅屋仁左衛門に迫る太刀を、左馬介がすでに手にしていた鉄扇《てつせん》で受け止めた。

「……扇子《せんす》で」

尾花沢が一瞬呆然《ぼうぜん》とした。

「えいっ」

その隙《すき》に左馬介が手首をひねって、鉄扇を太刀へ巻きつけ、そのままへし折った。

「……えっ」

扇子に太刀を折られた尾花沢が、完全に固まった。

「諫山さま、お仕置きを」

「おう」

分銅屋仁左衛門の指示に、左馬介が鉄扇を尾花沢の肘《ひじ》に打ちつけた。

「ぎゃあ」

鈍い音がして、肘が逆へ曲がった。

「尾花沢っ」

井深が大声を出した。

「なにをするか。なにをしたかわかっておるのか」

これは堪忍できぬと井深が、分銅屋仁左衛門を睨みつけた。

「借財を頼みに来た店で、主を斬ろうとしたというのは、いかがなのでございましょう」

「無礼討ちじゃ、無礼が過ぎる」

井深が武士として当然の行為であると言った。

「さようでございますか。あいにく、わたくしは商人でございまして、無礼討ちというものがなにかをよく知りません。それがどういうものか、教えていただくとしましょう」

「民が武士に対し、堪忍できぬほどの無礼なまねをしたときは……」

「ああ、井深さまにご説明をいただかなくとも結構でございますよ。教えてくださいではなく、教えていただくと申したはずでございますが」

語り出した井深を分銅屋仁左衛門が制した。

「教えていただく……」

井深が分銅屋仁左衛門の発言を理解した。

「まさか……」

「おつきあいをお願いいたしておりまする田沼さまに、お伺いいたして参りまする。もし、それで無礼討ちにされてもいたしかたないとなりましたならば、お詫びとして千両差しあげまする。では、これにて失礼をいたしまする。駕籠《かご》を呼んでおきまするので、お帰りをくださいませ。諫山さま、行きますよ」

「承知」

鉄扇を油断なく構え続け、尾花沢と井深を警戒していた左馬介が、うなずいた。

「ま、待て。待ってくれ」

井深が分銅屋仁左衛門に頼んだ。

「主殿頭《とのものかみ》さまのお屋敷へ行くのは、待ってくれ」

「無礼討ちなのでございましょう。ならばなんの問題もございますまい」

「……腰を下ろせ。分銅屋」

井深が分銅屋仁左衛門にもう一度話をしようと言った。

「もうお話しすることはございませんが」

冷たく分銅屋仁左衛門が拒んだ。

「どうだ。これを不問とする代わりに三千両」

「片手で三千両ですか。随分と高いですな」

眉間にしわを寄せて、呻《うめ》いている尾花沢を分銅屋仁左衛門が見た。

「失礼ながら、このお方の禄《ろく》はいかほどで」

「……四十石じゃ」

少し躊躇《ちゅうちょ》して井深が答えた。

「上乗せはなさいませんでしたか。まあ、少し調べればわかることでございますから、偽りを言われても無駄でございますが」

分銅屋仁左衛門が小さく笑った。

「…………」

見抜かれた井深が黙った。

「四十石ならば、一年で二十両、三千両となれば百五十年ですなあ。百五十年もこの方は藩に尽くされるとでも」

「ぶ、武士の価値は石高で決まるものではない。この者は禄高《ろくだか》以上の価値が……」

「ならばなぜ加増なさいませぬので。加増がないのは、先祖の功績以上の働きを、この方はお見せでないとの証《あかし》」

「近いうちに加増の予定であった」

「だそうでございますよ。よかったですなあ」

井深の言いわけを分銅屋仁左衛門が尾花沢に向けた。

「ご加増を……ううっ」

呻きながらも尾花沢が井深を見た。

「…………」

すっと井深が目を逸《そ》らした。

「さて、無礼討ちの話はどうなりますか」

「なかったことでよい」

分銅屋仁左衛門の問いに井深が告げた。

「さようでございますか。では、仕切り直させていただきましょう。ご用件を」

座敷に座りなおした分銅屋仁左衛門が尋ねた。

「ああ、その前に。このお方を医者へね」

「承知」

命じられた左馬介が、痛みに憔悴《しょうすい》した尾花沢を抱きあげて出ていった。

二

「どうぞ」

二人がいなくなるのを見て、分銅屋仁左衛門が井深を再度促した。

「金を貸してくれ」

「いかほどでございましょう」

分銅屋仁左衛門が金額を問うた。

「二万三千両借りたい」

「それはまた随分と多い」

井深の口から出た数字に、分銅屋仁左衛門が驚いた。

「なににお遣いになられますので」

「遣い道を言わねばならぬか」

使途を訊《き》いた分銅屋仁左衛門に井深が問い返した。

「金は商人の武器、いわばお侍さまがお遣いになる刀と同じ。家伝の刀を是非にと頼まれて借したら、漬けものの糠《ぬか》をかき混ぜていた。これでもかまわぬと」

「……それはならぬ」

井深が苦い顔をした。

「わかった。三千両は当家に降りかかった厄災を取り除いていただくために、要路への挨拶《あいさつ》として遣う」

「先ほどの三千両は、それでございましたか」

「…………」

脅し取ろうとした金はそのためかと言われた井深が沈黙した。

「厄災と仰せでしたが、そのじつはお手伝い普請《ぶしん》でございますな」

「なぜ知っている」

分銅屋仁左衛門の言葉に井深が目を剝《む》いた。

「蛇《じゃ》の道は蛇《へび》と申しましょう。ご城中のできごとでも一日あれば、知れまする」

「お城坊主か」

井深が嫌そうに言った。

「さて、そのあたりは……」

田沼意次から聞いたと言うわけにはいかなかった。田沼意次と繋《つな》がっているのは確かだが、どこまで深いつきあいなのかなどは、隠しておくべきであった。

「残りの二万両は、新田開発でございますか」

大名が金を借りるときは、そのほとんどがこれであった。

「襲封《しゅうほう》の祝いに」

「姫の輿《こし》入れで」

本当の理由は別でも、新田開発と言っておけば、借りやすい。新田開発は成功すれば、金になる。つまり、貸すほうとしても返済を受ける目途《めど》が立つからであった。

「いや、南山御領《みなみやまごりょう》という御上《おかみ》からお預かりしている土地を当家へ下賜《かし》いただきたいと願うためのものだ」

井深が正直に告げた。

新田開発よりも下賜のほうが、話は早い。新田開発は、山を開き、水を引き、土を改良しなければ稔《みの》りを得られない。それこそ数年から十年の期間がかかる。また成功しても思うほどの石高にならないことも多い。さらに失敗することもある。

だが、御領拝領は決まれば、いきなりそれだけの収入になる。会津藩の場合は、すでに御領からの年貢は手に入れているが、自領となれば歩合を上げることも米以外のものを召しあげるのも自在にできた。

「御領を下賜いただくと」

「ああ。それにはかなりの金が要《い》る」

御領を下賜されると表高《おもてだか》も増え、大名としての格も上がる。まさに一石二鳥といえるだけに、それにかかる費用も増える。

「事情は承知いたしました」

分銅屋仁左衛門は御領預かりという実利を格上げという名前に交換しようとする会津藩の考えを理解できないが、口を出すところではないとわかっている。

「では、とりあえず三千両、お貸ししましょう。ただし、初めてのおつきあいでございますので、利は一分半、期限は今年の年末でよろしいな」

「待て、残りの二万両は……」

井深が分銅屋仁左衛門を手で制した。

「初めてのおつきあいで、それだけの金額をご融通はできませぬ。まず三千両のお取引が無事に終わってから、またあらためてとさせていただきませんと」

「会津を信用できぬというか」

「これはどなたさまでも変わりませぬ。ご老中さまでも御三家さまでも同じでございますれば」

「あやつの腕をへし折ったことの責任はどうする」

「なかったことになさったのは、そちらさまで」

井深の文句に分銅屋仁左衛門が手を振った。

「……うっ」

呻いた井深が思案し出した。

「お手伝い普請のことも御領下賜も同じお方たちに働きかけるのだ。やるならば一度ですませるほうが、なにかとよかろう」

「たしかに、金も少なくてすみましょうな」

井深の言葉を分銅屋仁左衛門が認めた。

「だから二万三千両……」

「なりませぬ。特別扱いは、他の方々へお詫びしなければなりませぬ。会津さまがその苦情を引き受けてくださると」

「…………」

分銅屋仁左衛門にあしらわれた井深が黙った。

「なしでも当方はよろしゅうございますが」

一銭も貸さぬと分銅屋仁左衛門が言い出した。

「それでいい。ただ、せめて利は一分にしてくれ」

「よろしゅうございましょう。その代わり、期限の延長はどのような理由であろうがお断りいたしまする。もし、そのようなことをなさいましたら……」

利引きは受けるが、金はしっかり返せと分銅屋仁左衛門が釘を刺した。

「……わかっている」

田沼意次の耳に入れるぞという脅しだとわかっている。井深が承知した。

店の土間では、井深の供として来た武士が二人立っていた。

「……どうした尾花沢」

奥を気にしていた若い武士が、左馬介に抱えられている尾花沢に気づいた。

「怪我《けが》をしたゆえ、医師へ連れていかれるがよい。番頭どの、駕籠を一つ手配願えぬか」

駆け寄って来た若い武士に尾花沢を渡しながら、左馬介は番頭に頼んだ。

「はい。おい、佐助《さすけ》、駕籠《かご》重《しげ》へいってきなさい」

「へい」

番頭から命じられた手代が走っていった。

「しっかりしろ、尾花沢」

「ゆ、ゆらさんでくれ。右手が……」

若い侍に尾花沢が願った。

「右手……うおっ」

叩《たた》き折られたため、血は出ていないが、そのぶん腫《は》れは酷《ひど》い。若い侍が目を逸らした。

「なぜ、このようなことに……そういえば、殿は」

もう一人の侍が、井深のことを気にした。

「殿と呼ぶか。ということは貴殿らはあの御仁《ごじん》の」

「家臣である」

左馬介の疑問にもう一人の侍が答えた。

「井深どのはご無事である。今、主の分銅屋と話をしている。用件が終わり次第、お見えになると思う」

「まちがいないか、尾花沢」

左馬介の言いぶんをもう一人の侍は信用していなかった。

「拙者《せっしゃ》がこやつによって運び出されるまでは、ご無事であった」

井深の家臣、すなわち陪臣《ばいしん》ではあっても、浪人よりはまともである。尾花沢が左馬介をこやつ呼ばわりするのは無理のないことであった。

「では、おぬしの怪我は」

若い侍が尾花沢に訊いた。

「こやつにやられた」

「なんだとっ」

「おのれは」

若い侍ともう一人の侍が憤《いきどお》った。

「尾花沢といったか。いい加減にせぬと怒るぞ」

左馬介が低い声を出した。

「先に斬りつけてきたのはおぬしであろうが」

「無礼なことを申すからだ」

尾花沢が言い返した。

「そこへ直れ。成敗いたしてくれるわ」

若い侍が太刀の柄《つか》に手をかけた。

「いいのか。おぬしたちの主がしている話が、崩れることになるぞ」

　左馬介が脅した。

「うっ」

「むうう」

　侍二人が顔を見合わせた。

「御免くださいやし。駕籠重でござんす」

　呼び出されていた駕籠屋がやって来た。

「ああ、ご苦労だね。このお方だよ」

　番頭が動じた素振りもなく、尾花沢を指した。

「へい、どうぞ」

　駕籠かきが、尾花沢を招いた。

「………」

「旦那、どうなさいやした」

　動こうとしない尾花沢に、駕籠かきが怪訝な顔をした。

「おや、まだお出《い》でてでございましたか」

「なにをしている」

そこへ分銅屋仁左衛門が井深を伴って店先へ姿を見せた。

「殿っ」

「ご無事でっ」

若い侍ともう一人の侍が、井深へ駆け寄った。

「まだ出ていなかったのか、尾花沢。痛むであろう」

井深が尾花沢を気遣った。

「かたじけなきお言葉」

尾花沢が感激した。

「殿、こやつが尾花沢を襲ったと聞きましたが」

若い侍が左馬介を指さした。

「そのことについては、問題ない」

井深が口出しをするなと若い侍を制した。

「ですが……」

「よいのだ」

まだ言い募ろうとした若い侍に井深が首を横に振った。

「あのう、どちらまで」

手持ち無沙汰《ぶさた》にしていた駕籠かきが、分銅屋仁左衛門を見た。

「腕のいい外道医《げどうい》といえば、作庵《さくあん》先生かね」

「このあたりじゃ、一番と評判で」

分銅屋仁左衛門に問われた駕籠かきがうなずいた。

「じゃあ、そこまでお願いするよ。作庵先生に、後でうちの者が薬礼《やくれい》をお持ちします
と言っておいておくれな」

「へい。ささ、どうぞ」

首肯した駕籠かきが、尾花沢を促した。

「…………」

「うむ」

無言で許可を求めた尾花沢に、井深が首を縦に振った。

「肩を貸してやる」

若い侍が尾花沢のもとへ走った。

「では、後日。書付をお持ちいただきましたおりに、お金をお渡しいたしましょう」

「今日中でもかまわぬか」

もう帰れと告げた分銅屋仁左衛門に、井深が訊いた。

「出かけねばなりませぬので、お見えいただくならば夕刻七つ（午後四時ごろ）過ぎでお願いをいたしたく」

「わかった」

武家と商人という身分差よりも金が強い。分銅屋仁左衛門の都合に井深は合わせると残して、去っていった。

「番頭さん、三千両を出しやすいところに移しておいておくれな」

「三千両でございますね。承知いたしました」

分銅屋仁左衛門の指図に番頭がうなずいた。

「頼みましたよ。わたしは田沼さまのもとに参りますので」

「供しよう」

田沼意次に目通りを願うと言った分銅屋仁左衛門に、左馬介が付いていくと述べた。

寵臣《ちようしん》田沼意次が、そうそう毎日昼ごろ屋敷にいるはずもない。

「井上さま」

分銅屋仁左衛門は田沼意次の用人井上伊織《いおり》と二人で密談に入った。

「先ほど……」

分銅屋仁左衛門は井上に、井深のことを告げた。

「三千両を即座に出せるか」

井上がまず、そこに驚いた。

「商売でございます」

分銅屋仁左衛門が苦笑した。

「で、それのどこに問題がある」

権力を持つ田沼意次の懐刀《ふところがたな》だけに、なにかを頼むには金を撒《ま》かなければならないとわかっている井上が、首をかしげた。

「元手と利が合わぬのでございまする」

「……割りに合わぬと考えればよいのか」

「はい」

井上の理解を分銅屋仁左衛門が認めた。

「わかった。とりあえず、殿にはお伝えいたしておく」

「お願いをいたしまする」

田沼意次が留守のときの応接は井上の仕事になる。いくら分銅屋仁左衛門でも、井上をいつまでも拘束しておくことはできなかった。

分銅屋仁左衛門は、田沼家の屋敷を出たところで待っていた左馬介と合流した。

「ちょっと小腹がすきましたな。なにか食べて帰るとしましょう」

少し歩いたところで、さっさと分銅屋仁左衛門が目に付いた蕎麦《そば》屋に入った。

「よいのか。会津の家老が来るのだろう」

左馬介が心配した。

「お約束は七つでございますよ。十分間に合いますとも」

「それはそうだが、よいのか」

三千両の取引ともなれば、主が中心にならなければならないのではないかと左馬介は危惧《きぐ》していた。

「一万両以下は、番頭の差配でもできますよ」

「……一万両」

左馬介が息を呑《の》んだ。

一両あれば、物価の高い江戸でも一家四人が一カ月生活できる。一万両となれば、八百三十年以上生きていけた。

「金は大きく動くほど、儲《もう》かるのでございます。もっともこの度の取引は、さほどのものにはなりそうにありませんな」

箸立《はした》てのなかから、歯形の付いていないまだましなものを選びながら、分銅屋仁左衛門が口にした。

「儲からぬのか」

「駄目でしょうな。三千両はお貸しできても、その後はいけません」

分銅屋仁左衛門が首を横に振った。

「お待たせで」

かけ蕎麦が二つ、運ばれて来た。

「食べましょう。蕎麦はできたてでないと」

選び抜いた箸で分銅屋仁左衛門が啜《すす》り始めた。

「遠慮なく」

左馬介も蕎麦を口に運んだ。

「……まあまあですな」

食べ終わった分銅屋仁左衛門がどんぶりを置いた。

「うまかった」

蕎麦は値段の割りに腹持ちしない。浪人なら蕎麦を喰《く》うより、餅《もち》か飯を選ぶ。久しぶりの蕎麦を左馬介は堪能《たんのう》した。

「ここに置いておくよ」

代金を縁台の上に残し、分銅屋仁左衛門が立ちあがった。

「馳走《ちそう》であった」

左馬介が立ちあがって分銅屋仁左衛門に一礼した。

「いえいえ」

笑いながら分銅屋仁左衛門が蕎麦屋を出た。

「会津さまの願いは叶《かな》いません」

「えっ……」

そう言って歩き出した分銅屋仁左衛門に、左馬介は唖然《あぜん》となった。

三

お庭番は将軍直属とされていたが、家重では細かいところまで伝えることができず、また大岡忠光を通じてとなると、面倒が増えた。

「上様よりなにやら庭之者《にわのもの》にご下命あったようじゃが、なんであるかの」

「執政《しっせい》として、上様がどのようなことに疑義をお持ちかを知っておくべきである」

大岡忠光がかかわっているとなれば、執政たちが絡《から》んでくる。

将軍に訊けないことでも、大岡忠光ならば問題ない。老中は側用人よりも上席になる。

「上様より厳秘を命じられておりまする」

当然大岡忠光は家重の名前を出して拒む。

「執政の言うことが聞けぬと申すのだな」

老中たちの怒りは大岡忠光へと向かう。

「天下を支えているのは、我ら老中である」

将軍親政を貫いた吉宗のせいで、老中たちの権勢は大きく削《そ》がれた。このままでは、執政とは名ばかりの形だけの役目になる。

「上様があのような状況であれば、天下を支えるべきは我らである」

かつての威光を取り戻す好機なのだ。老中からしてみれば、吉宗こそ諸悪の根源、その吉宗がいなくなった。そのうえ、跡を継いだ家重が政《まつりごと》をおこなえる状況ではないのだ。

「あやつさえ排せば……」

大岡忠光がいなくなれば、誰も家重の意思を確認できない。

「い、いず……も……を」

家重が大岡忠光の復帰を求めても、誰もわからなければ、無視できる。

「…………」

大岡忠光を失えば、家重は人形になってしまう。

それを防ぐには、大岡忠光は無害でなければならなかった。

「主殿頭に預ける」

結果、お庭番は田沼意次の支配となった。

「どれ、休息をいただくとする。もし、お召しがあれば下部屋におるゆえ、呼び出してくれ」

昼餉《ひるげ》の刻限を過ぎたあたりで、田沼意次はお側御用取次《そばごようとりつぎ》の役目から一度外れる。

基本、政務は午前中、昼からはよほど急ぎでもなければ、お側御用取次の仕事はまずない。

田沼意次は、目通りを望む者たちをこなしてから、弁当を使うことにしていた。

下部屋は役人が、登城して着替えをしたり、食事を摂《と》ったりするために与えられている休息座敷であった。老中、留守居などの重臣は一人に一部屋、それ以外は役目ごとに分けられる。ただ田沼意次は、吉宗の計らいで個室を与えられている。これはお庭番との折衝を他人に知られるわけにはいかないからであった。

「……どれ」

屋敷から持って来た弁当を田沼意次は開けた。

山海の珍味が毎日のように贈られる田沼意次だが、それを城中に持ちこむことはしていない。大名や役人のなかには、これ見よがしに何層もの重箱を持ちこむ者もいる。なかには、名のある料亭にしつらえさせて豪華さを誇る者もいるが、田沼意次は質素な弁当を好んだ。

「ほう、味噌《みそ》握り飯に山椒《さんしょう》が振られている。これは蕗《ふき》の胡麻《ごま》和《あ》えか」

田沼意次が弁当の蓋《ふた》を開けて、感嘆した。

「どれ……」

握り飯にかぶりついた田沼意次が咀嚼《そしやく》を始めた。

「……おるのだろう。茶を淹《い》れてくれ」

一口を食べ終わったところで、田沼意次が天井を見上げた。

「……………」

音もなく、天井板がずれ、忍装束の村垣伊勢が降りて来た。

「……どうぞ」

下部屋の隅に用意されている火鉢に鉄瓶を掛け、湯を沸かした村垣伊勢が薄茶を点《た》てた。

「うむ……ぬるめでよいな」

食事の最中の茶は喉《のど》を詰めないようにとか、口のなかに残った味を流すためのものである。そこに熱々の茶を出されてはたまらない。また、濃茶《こいちゃ》では、折角《せっかく》の弁当の味を崩す。

村垣伊勢の気遣いに田沼意次が満足そうにうなずいた。

「喰いながらでよいな」

「はっ」

食事中に報告を受けると言った田沼意次に村垣伊勢が手を突いた。

「先日……」

芸者加壽美として白河屋に呼ばれた日からのことを村垣伊勢が述べた。

「白河屋とは何者だ」

「大名人足を主とする口入れ屋《くちい》でございまする。名前の通り、奥州、羽州の大名家のほとんどに出入りをいたしておりまする」

訊いた田沼意次に村垣伊勢が答えた。

「なるほど、お手伝い普請があれば大名人足は要る。それも出入りの大名同士の要求が重なれば、賃金の値上げにも繋がるか」

田沼意次が最後の蕗を摘《つま》んだ。

「白河屋がつながっておるのは、誰か」

「西尾隠岐守さま、酒井左衛門尉《さかいさえもんのじょう》さま」

問われた村垣伊勢が古参老中の名前をあげた。

「ふん」

田沼意次が鼻を鳴らした。

「老中も金で飼えるようになったと喜ぶべきなのだろうがなあ」

吉宗の遺言を果たすため、田沼意次は賄賂《わいろ》を出した者を優遇している。こうすることで武士の金は汚いものという考えを変えさせようとしていた。

「執政が金で慣例を破るのはどうか」

大きく田沼意次が嘆息《たんそく》した。

「……いや、会津藩を、お手伝い普請を免除される溜の間《たまりのま》詰めを選ぶなど、慣例をなによりと考える者どもがするか」

前例というのは、変わらないから規範となる。役人が前例を大切にするのは、それに従っているかぎり、失敗しても己《おのれ》の失敗にならないからだ。

前例を無視して思うがままにし、成功を収めればいい。それこそ他人も羨《うらや》む出世を果たすこともできる。もっとも下手《へた》をすれば、追い抜かれる上役に足を引っ張られて痛い目に遭うかも知れないが。

もちろん、失敗すればすべての責任を負わなければならなくなる。

それに比して、前例に従っていれば、成功したとしても大した手柄にはならないが、失敗しても責任は取らなくてすむ。責任はその前例を作った者に起因するとされるからだ。

「その慣例を破ったのはなぜだ……」

村垣伊勢を放置して、田沼意次が思案に入った。

「会津を前例として、溜の間詰めの井伊や高松松平などにもお手伝い普請を命じるためか」

お手伝い普請は藩財政に大きな痛手になる。何度かお手伝い普請を命じられた小藩のなかには、借財を重ねざるを得ず、国元の家老として御用商人を家老にして勘定を預けざるを得なくなっているところもある。

「これ以上決まった藩にばかりさせると、潰《つぶ》れる。それを防ぐために、新たな受け手を探している」

田沼意次が独りごちた。

「もしくは、会津藩にお手伝い普請を命じなければならない事情がある」

難しい顔で田沼意次が呟《つぶや》いた。

「主殿頭さま」

じっと身を潜めていた村垣伊勢が、発言を求めた。

「会津は生け贄《いにえ》になったのでは、ございませぬか」

「生け贄か。なんのための……そうか、会津の次が本命。となると会津以上の家柄。越前松平か、御三家……っ」

田沼意次が目を大きくした。

「いかがなさいました」

村垣伊勢が気遣った。

「そのための……」

まだ田沼意次は一人で納得していた。

「主殿頭さま」

村垣伊勢がもう一度問うた。

「……ああ。すまぬの」

ようやく田沼意次が普段に戻って来た。

「伊勢よ」

「なんでございましょう」

真剣な表情を見せた田沼意次に、村垣伊勢が緊張した。

「先代さま、大御所さまのご遺命を……」

一度田沼意次が言葉を切った。

「……余以外に受けた者はおらぬか」

田沼意次が訊いた。

「わかりませぬ。庭之者には、主殿頭さまに従えとだけ」

村垣伊勢が首を左右に振った。

「となると……伊賀《いが》か、甲賀《こうか》だが……甲賀が隠密《おんみつ》御用を果たしていたとは、聞いたことがない」

「わたくしどもも把握いたしておりませぬ」

腕を組んだ田沼意次に、村垣伊勢が首肯した。

戦国時代近江《おうみ》に威を張った六角《ろっかく》氏に従い、忍働《しのびばたら》きで名を馳《は》せた甲賀者は、関ヶ原の合戦の端緒といえる伏見《ふしみ》城の戦いで徳川家の忠臣鳥居元忠《とりいもとただ》とともに籠城《ろうじょう》、敗れはしたが敵軍を長く足留め、天下分け目の勝負に貢献した。その功績をもって甲賀者は与力として徳川家に抱えられ、大手門の警衛を任された。

「となると、やはり伊賀者か」

「伊賀者がご遺命を聞いたはずはございませぬ。大御所さまの周囲は、我ら庭之者が固めておりました」

呟くように言った田沼意次に村垣伊勢が反論した。

「ふむ。では、調べて参れ。大御所さまがお亡くなりになられる前、西尾隠岐守と酒井左衛門尉との二人が、そろって召されていないかどうかを」

「承知いたしましてございまする。ではっ」

一礼して村垣伊勢が去ろうとした。

「ああ、あの諫山は気に入っているか」

「…………」

尋ねられた村垣伊勢が固まった。

「余は気に入っておる。それこそ、家臣として欲しいと思っている。今どき、あれだけ裏表のない者はおらぬ。まさに忠犬。餌《えさ》をくれる飼い主に従順で裏切らぬ。安心してあやつの前ならば、眠ることができる」

「御免」

それに応えず、村垣伊勢が消えた。

「ふふ」

村垣伊勢の反応に、田沼意次が小さく笑った。

「……もし、余の推測通りならば……」

すぐに笑みを消した田沼意次が続けた。

「大御所さまは、二度と御三家から将軍が出ないようになさろうとしておられる……」

田沼意次が怖《おそ》れた。

三千両は受け取りに来た井深たちに渡された。

「ご使用の用途が用途でございますれば、為替《かわせ》というわけには参りませぬので」

為替とは商家が発行する保証書のようなものである。金額が書かれており、互いに為替を保証しあうと取り決めてあるところへ持ちこめば、そこで現金にできた。

たとえば、江戸の分銅屋仁左衛門が発行した為替を大坂の淀屋《よどや》が引き受け、そこで三千両を渡す。当然、逆もある。こうすることで、重い金を持って旅をしなくてよくなり、事故や盗難で金を失う心配がなくなる。

便利なものだが、今回はいわば賄賂として遣われるだけに、証拠が残る為替では都合が悪かった。

「駕籠を用意している」

会津藩の江戸家老ともなると乗輿《じょうよ》を許され、屋敷に専用の塗り駕籠が常備されている。塗りの駕籠は左右に薦《こも》を垂らすだけの町駕籠と違い、なかを見ることができず、人が乗っているのか、千両箱が載っているのか、わからない。

「ところで分銅屋、あと二万両、なんとか……」

「では、お気を付けてお帰りを」

井深がもう一度金策の話を持ちかけようとしたのを、分銅屋仁左衛門が流した。

「……やむを得ぬな。では、また参る」

「期日をお忘れなきよう……」

あきらめた井深に、分銅屋仁左衛門が釘を刺した。

「……あれはいけませんねえ」

井深たちがいなくなったところで、分銅屋仁左衛門が嘆息した。

「ああ。尾花沢の同僚らしきが、ずっと拙者を睨んでいた」

金が店先に出るため、警固として顔を出していた左馬介もうなずいた。

「同僚をやられて腹立たしいのはわかりますが、なぜそうなったかを理解できてない。感情を抑えられていない馬鹿も馬鹿ですが、家臣さえ押さえ切れないお方では、とても御上のお役人さまを説得できるはずはございません」

分銅屋仁左衛門がため息を吐《つ》いた。

「邪魔するぜ、おう、旦那がいた」

暖簾《のれん》をくぐって、どう見ても分銅屋の客にふさわしくない無頼《ぶらい》が飛びこんできた。

「おや、赤観音《あかかんのん》の親分じゃ」

「勘弁してくれ。旦那に親分なんぞと言われたら、こう、背筋をなんかが這《は》う気がする」

無頼が首をすくめた。無頼は神田の辺りを縄張りにしている赤観音の源介《げんすけ》という男で、一度分銅屋へ鐚銭《びたせん》を普通の銭に混ぜて両替しようとし、分銅屋仁左衛門に見抜かれていた。それ以降、分銅屋仁左衛門の指図で鐚銭を集めている。

「しばらく見ないので、もう逃げたかと思いましたよ」

「冗談じゃねえ。分銅屋の旦那に睨まれたら、江戸にはいられねえよ」

「大層なことを」

「なにを言ってるんだか。旦那が仕向けたんだろう、浅草の博打場《ばくちば》」

苦笑した分銅屋仁左衛門に赤観音の源介が手を振った。

「ああ、あれはちいと店にいたずらを仕掛けた馬鹿たちが出入りしていたのでね。そんなのが近くにあっては怖いと御用聞きの親分さんにすがっただけですよ」

「旦那に怖いものがあるとは知らなかった」

赤観音の源介が大仰《おおぎょう》に驚いた。

「で、本日はどうしました」

「おっと、肝心なことを忘れるところだった」

なにしに来たと訊かれた赤観音の源介が手を振り回した。

「鐚銭を大量に持ちこんだ野郎を見たというのが、千住《せんじゅ》の賭場《とば》にいた」

赤観音の源介が告げた。

四

会津藩にお手伝い普請が命じられるらしいという噂《うわさ》は、広まっていた。

「どういうことだ」

いつものように宴席へ出た水戸藩留守居役但馬久佐は首をかしげた。

「とりあえず、ご家老さまにお報《しら》せすべきであろう」

但馬久佐は容易ならぬことを判断し、宴席を終えてすぐに藩邸へ戻った。

「……ふうむう」

噂を聞かされた江戸家老中山修理亮《なかやましゆりのすけ》は、難しい顔をした。

「妙だな。会津にお手伝い普請とは……なんぞ失策でも犯したか。一揆《いっき》騒動の咎《とが》めとしてお手伝い普請はふさわしくない」

中山修理亮が首をかしげた。

金がないから、無理な年貢の取り立て、労役を課したから領内で一揆が起こった。そこに金の負担が大きいお手伝い普請をさせるというのは、咎めとして正しいように見えて、そうではなかった。

「御上の命である」

領民への苛政《かせい》の口実を与えることになる。

前は会津藩の財政をどうにかするためのものであったから、領民たちも一揆という手段が使えた。一揆を起こすことで幕府に会津藩の無理難題を報せ、重い税などを緩和、撤廃してもらえた。

だが、今度は幕府のお手伝い普請なのだ。その出費を捻出《ねんしゅつ》するための負担への文句は、幕府に逆らうに等しい。

「もう一度、一揆だ」

筵旗《むしろばた》をあげたら、幕府が敵に回る。

「鎮圧いたせ」

会津藩へ大義名分を与えるだけでなく、近隣の大名も動員されることになる。そうなれば、一揆勢に勝ち目はなくなる。

「咎めではないとすれば、なんだ」

中山修理亮が理解に苦しんだ。

「会津藩といえば、南山御領の拝領を願っておられましたな」

「ああ。高直《たかなお》しか。まったく、徳川の名乗りを許されてもおらぬ傍系の身分で、我ら御三家と肩を並べようなど……」

　但馬久佐の言葉に中山修理亮が気分を害したという顔をした。

「いかがいたしましょう」

「かかわりがないといえば、当家にとってどうでもよいことだな。会津がお手伝い普請を命じられようとも、一揆を起こされようとも。藩境を接しているわけでもなし」

　指示を仰がれた中山修理亮が悩んだ。

「無理に動かずともよいが、気にしておけ」

「はっ」

　宴席の噂をしっかり集めろと言った中山修理亮に、但馬久佐が首肯した。

「ところで但馬、分銅屋のことはどうなっている」

　中山修理亮が話を変えた。

「今は、わざと放置しておりまする。なにも言ってこないということは、裏で勘定奉行などに手を打っているのではないかとか、町奉行所に苦情を出し、分銅屋を潰そうとしているのではないかとか。水戸家を怒らせたという恐怖を身に染みこませてやるべきと考えておりまする」

「それでよいのか。勘定方から、金を、金をとせっつかれるのは、儂《わし》なのだが」

但馬久佐の言いぶんに中山修理亮が眉をひそめた。

「こちらから辞を低くするなど論外でございまする。当家は、神君《しんくん》家康さまが万一のときは将軍たるべしとして、徳川の名前をくださった御三家でございまする。どれほど金を持っていようとも、商人風情《ふぜい》にこちらから頼むことなど不要。向こうから、是非とも上納いたしたいと言わすべきで」

滔々《とうとう》と但馬久佐が語った。

「それでいけるのか」

「お任せをくださいませ。水戸家御用達《ごようたし》という看板は、数万両の値打ちがございまする」

懸念《けねん》を表した中山修理亮に、但馬久佐が胸を張った。

「ならば、そなたに預けるぞ」

「たしかにお引き受けましてございまする」

但馬久佐がゆっくりと首を縦に振った。

三千両を藩邸まで運んだ井深は、これを勘定方に預けなかった。預ければ、支払いに遣われるとわかっていたからである。

「借りてきた」

とはいえ、個人でその負債を返済するだけの力はない。会津藩の家老といったところで、禄高は千石をこえるくらいでしかなく、すでに井深家も借財をかなりしているのだ。

密《ひそ》かに呼び出した勘定奉行へ井深は、金を見せずに伝えた。

「お見事でございまする。ですが、お金はどこに」

「余が預かっておる」

「それはいかがでございましょう。藩の金は勘定役のもとで管理するのが決まり」

勘定奉行が反論した。

「これだけはならぬ。これを少しでも減らされれば、お手伝い普請を逃れることはできぬ。そうなれば、数万両出ていくぞ」

「…………」

井深に言われた勘定奉行が黙った。

武家の勘定は、来年を考えていなかった。なにせ毎年秋には年貢が入るのだ。それもよほどの凶作でもなければ、決まっただけ。

年貢は納められた後、一年自家で消費するぶんを残して、売却される。これは旗本であろうが、藩士であろうが変わらない。ただ、それを人任せにする。

商家では、仕入れてきた商品の売値を他人任せにすることはない。百文で仕入れたものを九十八文で売られては大損になる。商家の場合は仕入れに経費、店を続けていくための金、奉公人に出す給金、そこに儲けとなにかあったときの損金を計算して、売値を決める。

言うまでもないが、売れそうにないものは、端《はな》から仕入れない。

それが武士は違う。

「売ってくれるように」

出入りしている商人に、余った米を託すのだ。

「できるだけ高く頼むぞ」

せいぜい、そのていどの注文を付けるだけであり、

「これだけの金額となりました」

「うむ、ご苦労であった」

商人から手数料を抜いた残りを渡されて、それで終わってしまう。

さすがに薄給で知られる同心などは、米一升がいくらになるかで、それこそ生活が一変するため、

「米は要らぬか」

「そこな町人、少しでよい買ってくれ」

組屋敷の前に、米俵を出して量り売りをする。

だが、これはごく少数の身分低き者。武士は名を重んじるもので、金など気にしてはならないと教えられている。

そういった連中が、藩の中枢である家老や、勘定奉行になるのだ。

「秋までもてばいい」

そう考えるのは当然になる。

「年貢が入れば、返せる」

しかし、物価は変動する。いや、高くなっていく。去年は一両で買えたものが、今年は一両一分になったりする。当たり前だが、去年と同じことをしていると支出の増加で、金が足りなくなる。

「やむを得ぬ。御用商人から金を借りる。どうせ年貢が入れば返せるのだ」

もっとも安易なところに頼る。

「足りないならば、足りぬなりで藩政を回そう」

ちょっと算盤《そろばん》の置ける者はそこに気づく。

「戦《いくさ》などはない。硝煙《しょうえん》の入れ替えはなしとしよう。矢も遣わぬならば、買わずともよかろう」

「武士が戦えぬようでは、話にならぬではないか」

勘定方の出した案は、それによって恩恵を受ける者たちによって潰される。

「炭を減らそう」

「指先がかじかみ、満足に御用ができませぬ」

台所役人や奥向きの女中からの抗議が殺到する。

結果、倹約はならない。

八代将軍吉宗の倹約令が成功したのは、将軍が率先して範を垂れたからである。上が身を切らねば、下は従わない。

藩の改革が成功しようがしまいが、商人には関係ない。金を貸した、ものを売った商人からすれば、きっちり返済あるいは支払いがなされればそれでよい。

逆にいえば、しっかりと取り立てるのだ。

事実、会津藩の江戸屋敷は、買い入れたものの支払いに追われていた。

「お支払いいただけぬならば、お納めしてある品を引き取らせていただきまする」

「前金をお預かりいたさねば、お仕立ては承《うけたまわ》れませぬ」

出入りの商人は会津藩の実状をよく知っている。国元で一揆があって、その年の年貢が不十分であったこともわかっている。

「取りはぐれてはたまらぬ」

商人は金を遣って仕入れているだけに、払いがなければ大損になる。

「他は後にしていただき、なんとかうちだけでも」

鬼札を摑みたくはない。

商人はそれこそ、朝晩に勘定所へ催促に訪れている。

毎日、その圧力に晒《さら》されている勘定奉行が、目先の金にすがろうとしたのも無理はなかった。

「よいか。これに触れることはならぬ。明日より、西尾隠岐守さま、酒井左衛門尉さま、田沼主殿頭さま、普請奉行さまとご挨拶に廻《まわ》らねばならぬのだからな」

勘定奉行の目つきに危ないものを見た井深が、先ほどよりも太い釘を刺した。

赤観音の源介のもたらした話を分銅屋仁左衛門は吟味していた。

「千住といえば、奥州への出入り口ですなあ」

「ああ」

士であろうな」

「そこに一千枚からの鐚銭《びたせん》を持ちこんだ武家」

「身形《みなり》はくたびれていたが、髭《ひげ》も月代《さかやき》もしっかりと剃《そ》ってあったという。どこぞの藩士であろうな」

武士は月代と髭を伸ばすことを禁じられている。浪人すると、まずそこから崩れていく。左馬介も己《おのれ》でできる髭は剃っていたが、月代は総髪にしていた。月代は一度剃りだすと、一日二日はいいが五日もすると短い髪が生えてきて、みすぼらしくなってしまう。それを防ぐにはこまめに床屋へ通わなければならず、金がかかる。

武士は毎朝、従者に剃らせる。将軍にいたっては、月代と髭を剃るだけの旗本がいた。

「……会津」

ふと分銅屋仁左衛門が呟いた。

「会津は親藩《しんぱん》に近い譜代《ふだい》であるぞ。それが鐚銭を遣うなど」

左馬介が驚いた。

「……わかりませんよ。お武家さまというのは。上はきれいに取り繕われますが、その下は、己さえよければいいというお方ばかり。借りるときは、名に誓って期日を守ると言いながら、いざ返済となると、やむを得ぬ事情が、思ったほど年貢が取れず、他にどうしても支払わなければならぬものがあって……期日を延ばす。あるいは、こんなに利息が高いとは思っていなかった。取り過ぎだ。利は半分で十分だろうとごまかそうとする。最初に期日も利息もしっかり伝えてございますし、証文にも残しておりますよ。それでも強弁《きょうべん》なさる。なにより腹立たしいのが……」

分銅屋仁左衛門が大きく息を吸った。

「どうしようもないということでございますよ。評定所《ひょうじょうしょ》へ訴えたところで、大名家には罰は与えられますが、借財は弁済してもらえません。御上は、商人への手助けをいっさいしてくれませぬ。それどころか、ものを買わずに倹約すべきだと商売の邪魔をなさる」

「…………」

「田沼さまの前では決して口にできませんが、わたしは大御所さまが嫌いです。倹約、倹約と、一汁一菜がいいなら、一人でやっておけばいい。木綿ものが好きなら一人で着ていればいい。魚を膳《ぜん》に載せるなだとか、酒は一日一合にしろだとか、絹ものは身に着けるなだとか……それで商いをしている者、漁をしている者、酒をかもしている者、絹を集めている者が食べていけなくなるということを考えていない。あのお方のなかには武士しかない」

「では、なぜ田沼さまに力を貸される」

「簡単なことですよ。金で武士というものを潰したい。金が貴いとは申しません。どうやっても金には汚いところがございますからな。ただ、矜持《きょうじ》だけでは食べていけないということを知ってもらいたいのですよ。金を持っている者が偉いわけではございません。親が地所を多く持っていたおかげで金に苦労しないといった連中なんぞ、偉くもなんともない。自ら汗を流して金を得た者が、その多寡《たか》に応じず偉いのです」

「たしかにそうだな」

日銭で苦労をしてきた左馬介は、分銅屋仁左衛門の意見にうなずくところがあった。

「金を稼ぐ苦労を知らないから、簡単に二万両貸せだとか言える。さらに期日を守らないことで、迷惑を蒙《こうむ》る者がいるというところに頭が回らない。分銅屋に無限の金があるはずはなし。蔵にあるだけの金、期日どおりに返済される金を回して商いをしております。秋には、会津さまにお貸しした金が返ってくるから、今度はそれを別のお方に貸せる。返ってこなければ、当家の金で息が吐《つ》けるはずだったお方が潰れてしまう。そこに思いいたらない。家さえ無事ならば……己のことだけ。民なんぞいくら困っても気にしない。それがまちがいだと知らせてやらねばなりません」

分銅屋仁左衛門が語った。

「ですので」

一度息を落ち着かせた分銅屋仁左衛門が、左馬介を見つめた。

「今は田沼さまと同じ道を歩んでおります。ですが、田沼さまが御上の政を手になさるまで。天下の執政となれば、大名や旗本のことを優先せざるを得なくなるでしょうから。御上を続けていかなければならないという役目が、きっと田沼さまを変える。そのとき、わたしは田沼さまと決別することになります」

もう一度分銅屋仁左衛門が左馬介を見た。

「そうなったとき、諫山さまはどうなさいます。田沼さまに付くか、このままわたしと同じ道を進むか。もちろん敵に回られても恨みません」

「……何年先だと思う」

分銅屋仁左衛門の問いに、左馬介は条件を一つ増やした。

「十年、いや十五年というところかと。場合によっては少し延びるでしょう。田沼さまへ、いえ、金の世のなかに抵抗をする者は増えて参りましょうし」

「敵は多いか」

左馬介が嘆息した。

「では、分銅屋どの。それがすんだら道場を建ててくだされよ。鉄扇術の」

分銅屋仁左衛門に味方すると、左馬介が宣した。

「お約束しましょう」

強く分銅屋仁左衛門がうなずいた。

〈つづく〉

本書は、ハルキ文庫のための書き下ろし作品です。

時代小説文庫
う 9-10

日雇《ひやと》い浪人生活録《ろうにんせいかつろく》十 金《かね》の美醜《びしゅう》

著者 上田秀人《うえだひでと》
2020年 11月18日第一刷発行

発行者 角川春樹

発行所 株式会社 角川春樹事務所
〒102-0074 東京都千代田区九段南2-1-30 イタリア文化会館

電話 03(3263)5247[編集] 03(3263)5881[営業]

印刷・製本 中央精版印刷株式会社

フォーマット・デザイン&シンボルマーク 芦澤泰偉

ISBN978-4-7584-4370-8 C0193

http://www.kadokawaharuki.co.jp/[営業]
fanmail@kadokawaharuki.co.jp[編集] ご意見・ご感想をお寄せください。